Élodie Delmarès

EN NOTRE ÂME ET CONSCIENCE
Roman policier historique

LE LION NOIR ÉDITIONS

Le Lion Noir Editions 2022
Elodie Delmarès
Publié en accord avec l'auteur
ISBN : 9782491982089
Catalogues et manuscrits : www.elodie-delmares.com

« Le Code de la Propriété intellectuelle interdit les copies ou reproductions destinées à une utilisation collective". Toute reproduction ou représentation intégrale ou partielle, faite par quelque procédé que ce soit, sans le consentement de l'auteur ou de ses ayants cause, est illicite et constitue une contrefaçon, aux termes des articles L335-2 et suivants du code de la propriété intellectuelle. »
Dépôt légal : 2018

Remerciements

Ma première pensée affectueuse, va à ma grand-mère paternelle, Louise Marguerite Delmarès, qui m'a longtemps et si fréquemment encouragée et conseillée dans mes élans littéraires. Un grand merci pour sa confiance et sa tendre bienveillance.

Un grand merci également à mes parents, Nicole et Jean-Pierre Monnier, pour leur soutien indéfectible dans mes projets et pour le prêt de nombreux livres dont les contenus très divers m'ont permis d'affûter ma plume.

J'éprouve également une très grande reconnaissance pour mon professeur d'expression écrite, Jean-Luc Dubois, qui a su aiguiser mon goût pour l'écriture et donné l'envie de progresser.

Une pensée amicale à tous les proches et moins proches qui ont accueilli ce projet de roman avec enthousiasme.

LE MOT DE L'AUTEUR

Dès le départ, j'avais envie d'une histoire mettant Georges Clémenceau en scène. C'est un personnage qui m'a toujours fascinée. Le contexte historique le plus riche en événements sociaux et en matière de police, c'était cet « avant brigades du Tigre ». D'autant que, dans cette même année 1907, dont il est question, sont nées la Police Judiciaire et les Renseignements Généraux, toujours grâce au génie de Célestin Hennion, véritable père de la Police Nationale. Avant sa proposition à Georges Clémenceau de créer des brigades mobiles, il n'y avait pas de véritable Police Nationale, uniquement quelques unités locales, indépendantes les unes des autres, et sans lien central.

Il était temps que deux personnages d'envergure, tels Georges Clémenceau et Célestin Hennion, homme juste et visionnaire longtemps resté dans l'ombre, s'allient pour créer les fondations et donner une véritable structure à la police nationale.

PREMIÈRE PARTIE

CHAPITRE 1 – UN DOULOUREUX CONSTAT

30 janvier 1907.
— Cent trois mille !
De son poing lourdement abattu sur le bureau, l'homme avait exprimé avec une brutalité surprenante sa colère et sa stupéfaction. Ses interlocuteurs demeuraient interdits, ne sachant qu'ajouter, sans toutefois être étonnés : le ministre de l'Intérieur, et, dans le même temps, Président du Conseil, était réputé pour ses prises de position farouches et sa répartie à l'emporte-pièce, ses colères incontrôlables. La constance de son style vestimentaire tranchait avec les fluctuations de son tempérament : tantôt placide et philosophe, romantique même, tantôt d'une franchise acerbe vis-à-vis de ses adversaires politiques, qui lui avait valu son surnom de "Tigre".

Il avait quitté son siège et fulminait, lissant ses moustaches gris-blanc de son pouce et de son index. La silhouette élancée qui lui avait naguère valu sa réputation de dandy séducteur s'était muée en une robuste corpulence. Il arpentait la pièce, marquant chaque pas du poids de ses soixante-cinq ans déjà bien riches de souvenirs et d'expériences. L'heure n'était plus à la séduction, mais à l'action.

— Cent trois mille !
— Pas une de moins, malheureusement, affirma Célestin Hennion.

Georges Clémenceau observa attentivement son vieux complice, certain de ne pouvoir malheureusement douter de ce constat si effroyable. Il ne connaissait que trop bien l'extrême précision de son allié et ami. Cet homme, dont l'apparence reflétait son attachement à l'expression d'une élégance sobre et naturelle, ses cheveux blond-doré simplement peignés vers l'arrière, la moustache nettement taillée, était irréprochable dans ses actes et dans sa quête de vérité, sans que ses sentiments personnels ne viennent jamais interférer dans ses observations. D'une objectivité implacable, Célestin Hennion était celui qui avait si soigneusement étudié les preuves apportées par le commandant Picquart sur l'innocence du Capitaine Dreyfus. Comme lui, il faisait partie de ces infatigables dreyfusards dont le combat en faveur du militaire injustement accusé venait de trouver un aboutissement, durant l'année 1906, dans la réhabilitation totale par la Cour de Cassation qui l'avait définitivement innocenté. Sans la collaboration de tous ces honnêtes hommes, Dreyfus serait encore en train de croupir sur l'île du Diable. Hennion faisait partie des justes, et Clémenceau avait en lui une entière confiance.

Le Tigre reprit son fauteuil, s'assit lentement et joignit ses deux poings. Ce constat était accablant, mais il était totalement exclu de céder au découragement et d'accepter sans réagir la montée de la criminalité française. Hennion poursuivit son exposé. Clémenceau le coupa.

— Cent trois mille ! Et à quoi devons-nous une telle explosion des affaires criminelles non élucidées en cette année 1906 ? A-t-on des chances de voir la situation évoluer favorablement ?

— L'année 1907 ne s'avère guère plus reluisante, bien au contraire. Le succès des criminels de bande a donné du cœur au ventre à d'autres candidats au bagne. Nos difficultés à les anticiper, et à les arrêter, sont autant de données qui les confortent dans le sentiment d'impunité, et accroissent leur audace : nos moyens de locomotion sont bien dérisoires face à leur équipement. Que peuvent les vélos et les chevaux face à des engins motorisés ? Les bandes organisées sont dotées de voitures mues par des moteurs. De surcroît, nos effectifs sont largement insuffisants.

— Insuffisants ?

— Autant tout vous avouer : nous n'avons pas de police nationale, les caisses de l'État sont au plus bas, et les budgets alloués à la lutte contre la criminalité baissent d'année en année.

Clémenceau accueillit ce constat de mauvaise grâce, les mâchoires serrées. Il plaqua ses mains sur l'imposant bureau en bois sculpté. Il ouvrit un des tiroirs, avant d'en extraire un bloc note. Après avoir écrit quelques lignes, il releva la tête vers Célestin Hennion.

— Que les caisses de l'État soient vides n'a rien de nouveau : elles l'ont toujours été, même au temps du Roi Soleil. Tant qu'à être fauchés, autant au moins faire un effort pour la sécurité de nos concitoyens, qui est une priorité. Je m'engage à ce qu'il soit fait un effort financier particulier en faveur du développement de la police. Je décide que l'année 1907 marquera un tournant dans l'histoire de notre sécurité intérieure. Des suggestions, Célestin ?

— Il nous faudrait un ministère de la Police. De ce ministère dépendrait un service de police judiciaire et un centre de recherches judiciaires, lequel s'appuierait sur les travaux de Bertillon.

— La graphologie ? Je n'y crois pas un instant ! Elle a montré ses limites de façon éclatante, pendant l'affaire Dreyfus…

— En ce qui concerne la graphologie, cette technique a en effet ses limites en ce que les comparaisons sont subjectives, et l'écriture de chacun assez aléatoire, surtout si l'on falsifie sa propre écriture. Mais Alphonse Bertillon était un antisémite notoire et il a subi des pressions venant des pouvoirs militaires, ce qui a achevé de fausser son expertise, en défaveur du Capitaine Dreyfus. Vous ne l'ignorez pas puisque vous étiez, comme moi, un de ses défenseurs. Sa méthode, heureusement, ne se confine pas pour autant à la graphologie. Son fer de lance, la dactyloscopie, a été un énorme pas en avant dans le rapprochement des affaires criminelles et la condamnation de nombreux récidivistes, comme Scheffer et Ravachol, ainsi que les membres de la bande à Pollet.

— Fort bien, Monsieur Hennion, fort bien. Nous poursuivrons donc le bertillonnage suivant vos prescriptions.

Se tournant vers Louis Lépine :

— Monsieur le Préfet, des propositions ?

Louis Lépine, jusqu'ici resté silencieux, prit une profonde respiration et se décida à exposer les quelques idées fraîchement développées par son fulgurant esprit.

Parcourant lentement la pièce à pas feutrés, en fixant son regard tantôt sur le Président du Conseil, tantôt sur Célestin Hennion, tantôt sur le plafond, il avait puisé dans les paroles de ses deux compagnons des éléments de réflexion sur de nouveaux aménagements à élaborer. Son esprit de synthèse et son inspiration spontanée avaient achevé sa vision d'une nouvelle police. Son idée bien posée dans son imagination, il prit enfin la parole.

— Faire fusionner le service de l'Identité Judiciaire de la Préfecture de la Seine avec votre future Police Judiciaire ne serait pas superflu : nous pourrions ainsi mutualiser nos moyens et gagner en rapidité de communication et en efficience pour chacun de ces services. En ce qui concerne la sécurité dans les bas quartiers, les rangs de mes hirondelles sont en train de s'étoffer.

Hennion leva les sourcils.

— Les policiers à bicyclette ne résoudront rien, Monsieur le Préfet : n'oublions pas qu'en face…

— Ils ont des engins rapides et motorisés, infatigables, j'ai saisi. Les hirondelles ne pourront pas grand-chose dans la poursuite en elle-même des criminels, c'est certain. Cependant, si elles sont effectivement repérables le jour grâce à leur pèlerine, leur costume sombre leur permet, dès la soirée et en pleine nuit, d'enquêter en silence dans les quartiers, quand les engins motorisés attireraient l'attention. Les agents à bicyclette pourraient s'avérer d'excellentes sources de renseignement dans ce monde interlope qu'est la nuit. Je n'ai pas mis en place la permanence dans les commissariats pour la seule gloire : l'idée est de créer un service permanent et actif de jour comme de nuit.

Clémenceau adressa un sourire au Préfet. L'aventure s'annonçait ambitieuse, périlleuse, mais passionnante. Il était de plus remarquablement entouré d'hommes brillants, intègres, et doués d'un instinct particulièrement aiguisé s'agissant de l'organisation sécuritaire de leur pays.

— Je reconnais bien là votre sens de l'organisation et votre tempérament novateur, cher ami. La création des brigades fluviales et des hirondelles en est un exemple criant.

Louis Lépine s'inclina légèrement en guise de remerciement.

Célestin Hennion intervint.

— Les services de la préfecture de la Seine nous seront de précieux alliés, c'est indiscutable. Il nous faut cependant compter sur nos propres forces. Une idée vient de germer dans mon esprit, afin de réformer complètement notre sécurité nationale. Elle pourrait prendre la forme d'un ensemble de brigades mobiles implantées dans les principales villes de province, réparties sur l'ensemble du territoire, équipées elles aussi de véhicules à moteur, et spécialisées dans la grande criminalité.

— Votre idée est brillante, Célestin. Brillante et enthousiasmante. Combien d'hommes vous faudra-t-il ?

— Mieux vaut tabler sur cinq cents : il faut prévoir des hommes pour prendre le relais la nuit.

— Dans ce cas, vous vous occuperez de trouver un homme suffisamment solide et charismatique pour diriger cet ensemble, et vous pouvez dès aujourd'hui lancer le recrutement de cinq cents fonctionnaires que vous répartirez en douze brigades sur l'ensemble du territoire national. Vous êtes désormais Directeur de la Sûreté Générale. Votre nomination officielle se fera dans les prochains jours.

Célestin Hennion salua discrètement cette promotion inattendue, qui dopait son sens de l'entreprise et de l'innovation.

— Je vous en remercie infiniment, Monsieur, dit-il en s'inclinant. Les Brigades mobiles seront constituées dans les meilleurs délais.

Le Président du Conseil sourit à nouveau. Il prit son calepin et commença à établir la liste des préparatifs de légifération.

— Monsieur le Président, n'attendrons-nous pas que nos réformes soient couvertes par des textes qui les légitiment ?

— Les textes, Monsieur Hennion, sont mon affaire. La vôtre est de faire en sorte que tout soit mis en place au moment où ils seront publiés au Journal Officiel. J'ai toute confiance en vous.

Hennion acquiesça et prit congé sans plus de cérémonie, tandis que Louis Lépine revêtait son long manteau de laine noire, et ôtait son haut de forme du porte-manteau avant de le poser, d'un geste lent mais assuré, sur sa tête. Clémenceau, occupé à coucher sur papier les prochaines directives, leva un instant son regard en direction du Préfet.

— Mon cher Louis, dites-moi au fait où en est votre fameux projet des agents Berlitz ?

— Cela avance, Monsieur le Président, cela avance. La mise en place est prévue pour l'année 1908.

Le Tigre sourit.

— Peut-être prévoyez-vous de nous présenter un échantillon de ce nouveau service ? Je trouve admirable l'idée de recruter des policiers pratiquant une langue étrangère.

— Avec grand plaisir ! Je vous en avertirai dès que possible.

Il leva son haut de forme et quitta le bureau de Georges Clémenceau.

CHAPITRE 2 – LE RENÉGAT

Le soleil, par quelques timides rayons, perçait à peine la brume matinale qui entourait le château, mais sa lumière suffisait à illuminer le grand salon. Placide, adossé à son fauteuil, le jeune homme contemplait l'étendue du domaine à travers les hautes fenêtres de la pièce. Une douce journée s'annonçait : il irait, comme à son habitude, se promener à cheval dans cette immense étendue qu'était le domaine familial, en contemplant de près les pelouses verdoyantes, et les reflets des arbres dénudés sur les ondes des trois étangs placés en enfilade. Quelques séances de trot et de galop, entrecoupées d'arrêts ou de passages au pas afin d'affiner sa maîtrise des allures, achèveraient la détente de son cheval, avant une courte séance de saut d'obstacles.

L'hiver venait de débuter, mais il lui restait encore bien des progrès à accomplir avant le début de la saison des concours équestres. Sa dernière acquisition, une jument anglo-arabe de six ans, était encore bien trop fougueuse pour parcourir, avec suffisamment de maîtrise, un enchaînement de sauts d'obstacles en empruntant les virages les plus courts. Après les soins habituels dus à sa partenaire après tant d'efforts, il se rendrait à Paris rendre visite à une amie, avant d'assister à la première du Requiem de Mozart à l'opéra Garnier.

Il posa tranquillement sa tasse, lissa ses cheveux bouclés et se leva du fauteuil, se préparant à regagner les écuries. Une femme aux longs cheveux blonds, en robe de convalescence, fit irruption dans la pièce.

Armand s'arrêta, la regarda attentivement.

— Maman, vous êtes levée ? Comment vous sentez vous ?

— Je me sens un peu mieux, ce matin, Armand. Merci. Pour combien de temps je l'ignore, et ces épisodes de mieux être précèdent, en général, un pis-aller… Pour cette raison, j'ai à vous parler, sérieusement et urgemment.

— C'est que… Je n'ai pas beaucoup de temps devant moi. Je dois monter ma nouvelle jument avant de me rendre à Paris.

— Votre entraînement et votre cheval attendront. Il est impératif que nous ayons une conversation.

Armand n'insista pas : il valait mieux avoir affaire à elle, diplomate et compréhensive, plutôt qu'à son père, tranchant et autoritaire. La mère reprit.

— Mon fils, vous savez dans quel état de santé nous nous trouvons, votre père et moi.

— Maman, vous allez guérir, tous les deux.

— Notre état ne va pas en s'arrangeant, vous le voyez bien. Aussi avons-nous songé, votre père et moi, à prendre certaines dispositions. Dans la mesure où nous n'avons pas été en possibilité de vous donner un frère qui puisse vous seconder dans la tenue de nos affaires, nous nous devions de vous protéger.

— Me protéger ? Je ne suis plus en âge d'être protégé !

— Armand, même si nous guérissons de cette mystérieuse maladie, nous n'oublions pas que nous avons tous le même devenir, au bout du compte. Que nous prenions ces dispositions maintenant ou plus tard ne changera rien, alors autant les prendre de suite, tant que nous pouvons donner l'illusion d'une bonne santé.

— Mais de quelles dispositions parlez-vous ?

— Comme je vous le disais, en tant que fils unique, vous ne pourrez pas, à vous seul, couvrir les frais de succession que le gouvernement a fait voter au parlement. Vous serez contraint de vendre l'une de nos propriétés pour conserver le reste, et assurer aux gens qui vivent sur ces terres un avenir serein.

— Je vendrai quelques chevaux du haras. Si mes étalons se classent comme je l'espère, je devrais tirer un excellent prix des droits à la reproduction et à la vente.

— Je doute que cela suffise, mon fils, vous êtes bien naïf. Il faudra plus que la vente de quelques chevaux pour cela. De plus, vous connaissez les risques liés à leur santé : s'il leur arrive le moindre malheur, ils ne vaudront plus rien. Cette solution est beaucoup trop aléatoire, Armand, vous le savez bien.

— Que préconisez-vous ?

— Pour faire court : que vous cessiez enfin de batifoler entre deux femmes et songiez enfin à vous poser, à vous engager, comme un homme de votre naissance et de votre âge est supposé le faire.

Se marier ! Voilà une chose qu'Armand n'avait pas le moins du monde pensé à faire prochainement. Lui, un homme résolument libre ! Ainsi s'apprêtait-on à l'enchaîner, tout au long d'une vie, à une seule et même femme !

— Je ne suis aucunement disposé à me marier, maman.

La mère baissa les yeux, semblant fixer le parquet.

— Vous n'êtes pas sans savoir que notre rang implique les arrangements entre bonnes maisons, et que nous considérons que les sentiments sont une chose bien secondaire, qui viennent naturellement et progressivement une fois le mariage contracté. Votre père et moi-même pouvions pardonner à votre jeunesse cet entêtement à ne vous préoccuper que d'affaires galantes, mais, Armand, il est temps pour vous d'assumer enfin certaines responsabilités.

Armand prit une profonde inspiration et laissa sa curiosité parler. Non une curiosité optimiste, mais tant qu'à se voir marier de force, autant savoir jusqu'où irait son calvaire.

— Et puis-je savoir à qui diable vous m'avez destiné ?

— Nous avions assez peu de choix, bien que notre milieu regorge de jeunes femmes ravissantes et disponibles, mais connaissant votre inexpérience en certaines choses, nous avons pensé qu'il valait mieux vous adjoindre une épouse solide, savante en certaines affaires, et surtout honnête, en plus d'être promise à une succession avantageuse, et dont les actifs viendront bientôt compléter les ressources dont vous disposerez.

— Ne me dites pas…

— J'insiste : une héritière dont les industries pourront, par une infime partie de leurs bénéfices, satisfaire aux frais de succession dont vous devrez bientôt vous acquitter.

— Diane de la Ribaudière !

— Elle-même…

— Cette femme narcissique, hautaine, aux manières viriles, qui voue un culte malsain à Diane de Poitiers, et fait partie des féministes les plus pugnaces… Si au moins elle avait les justifications physiques de sa prétention !

— Armand, vous devenez insultant et vous montrez, par cette seule répartie, votre profonde immaturité ! Vous feriez bien de vous conduire de façon plus noble et élégante que tous ces prétentieux qui ne jugent que sur la mine d'une femme.

— Quand on voit la femme dont il s'agit, on ne peut leur en vouloir… Et, avant même qu'elle ne traverse toutes ces épreuves, ce n'était pas le type de femme à qui j'aurais rendu une visite galante.

La conversation s'enlisait. Madeleine se hâta d'aborder la question sous un autre angle.

— Diane est le meilleur parti que nous puissions trouver pour vous. Je veux bien imaginer qu'elle ne corresponde pas aux beautés ingénues que vous avez l'habitude de placer dans votre lit, mais elle a reçu une instruction solide dans le domaine des finances et du commerce, ce qui vous sera bien plus profitable. Elle a déjà pris depuis quelques années la direction des affaires viticoles de son père et de l'industrie cosmétique de son défunt époux. On vient de m'apprendre qu'elle s'apprête également à racheter un haras. Voilà au moins un point d'intérêt commun sur lequel vous pourrez vous entendre. Et que feriez-vous d'une sotte futile et dépensière, au moment où vous aurez besoin de tous les appuis et soutiens d'une femme avisée ?

— Un laideron frigide et austère ! C'est donc ce que vous me souhaitez de mieux ?

— Je vous souhaite avant tout une femme intelligente qui saura gérer vos affaires et les siennes, au lieu d'une idiote dont la seule performance sera de dilapider votre fortune ! Armand, il est ici question de son instinct dans les affaires et sa façon de les faire prospérer, chose dans laquelle vous êtes encore loin d'exceller !

— Et pour cause : je ne paie pas un salaire de misère la main d'œuvre étrangère dans les colonies françaises.

— Voilà un bien bel argument ! N'avez-vous rien trouvé d'autre ? Il faut croire que vous en soyez à court, pour tomber aussi bas et attaquer ainsi votre futur beau-père. Pour votre gouverne, l'exploitation des gens de modeste condition était le fait des anciens gestionnaires des sociétés qui ont été reprises par le marquis de Mardilly. Diane et lui ont remis de l'ordre à ce sujet, et ici n'est pas le débat, Armand !

— Bien sûr que si, ma chère mère. Votre famille, et celle de mon père, ont toujours eu à cœur le respect des gens humbles en les payant honorablement. Et vous voudriez me condamner à accepter pour belle-famille une maison connue pour son adhésion au colonialisme. C'est intolérable !

— Les Courtenay de Mardilly ne sont pas colonialistes, c'est même tout à fait le contraire ! N'accusez pas les gens de choses qu'ils n'ont pas commises, Armand, quel que soit leur rang. Nous ne vous laissons pas le choix. C'est ainsi. Nous agissons en notre âme et conscience.

— J'agis également en mon âme et conscience, et je refuse catégoriquement ce mariage. Mariez-moi si vous le voulez, mais pas aux Courtenay de Mardilly.

— Mon fils, vous confondez tout. Et au lieu de mettre les gouvernements républicains sur un piédestal, renseignez-vous un peu sur les soi-disant « bienfaits » qu'ils ont eu vis-à-vis de la noblesse.

— À quoi faites-vous référence, s'il vous plaît ?

— Le gouvernement Waldeck-Rousseau, et plus précisément Joseph Caillaux avaient institué le principe d'un impôt lié à la succession. Le nouveau gouvernement prévoit non seulement d'augmenter cette taxe, mais de la porter à 40 % à l'échéance 1920. Cela nous oblige soit à regrouper les domaines avec d'autres familles, ce qui vous vaut ce fameux mariage, soit à les vendre, ce qui nous laisse dans l'inconnu total sur le devenir des braves gens que nous abritons sur nos terres. Comprenez donc que si nous ne sauvons pas cette partie menacée de nos propriétés, nous courons aussi le risque de voir les gens qui y travaillent mis à la porte par les futurs propriétaires. Dieu sait s'ils pourront trouver une nouvelle place dans la société après cela, étant donné qu'ils n'ont aucun bien et certainement pas les moyens d'en acheter.

— En voilà un beau prétexte ! Nos gens ont bon dos, ma chère mère. Je persiste dans mon refus de ce mariage.

Madeleine le contempla, médusée. Elle prit une profonde respiration.

— Vous êtes fichtrement borné, Armand. Ce n'est pas un prétexte, mais la stricte vérité. J'essaie de vous inculquer la notion de responsabilité ! Que préférez-vous : sauver les gens que nous logeons sur nos terres et nos dépendances, des enfants que nous avons vu grandir parmi nous ou vous accrocher à votre sacro-sainte liberté ? Réfléchissez bien, mon fils. Réfléchissez bien, avant de commettre l'irréparable !

Armand, qui se préparait à quitter la pièce, se retourna vers sa mère.

— Quoi donc ? Me déshériter ? Soit, offrez mon héritage à qui vous voudrez, je vivrai de mon élevage, ou d'autre chose, mais vous ne m'imposerez ni cette Diane, ni sa famille !

Cette dernière réplique laissa la comtesse sur place, immobile.

Armand quitta la pièce, puis le château, et se dirigea, hors de lui, vers l'écurie.

CHAPITRE 3 – LES FRONDEUSES

Les discussions allaient bon train. Habituée à ces conciliabules féminins, la présidente de l'association, en entrant dans la salle, adressa un hochement de tête courtois et détaché à l'assemblée, avant de monter sur la chaire pour préparer ses notes et entamer son discours. Comme à l'accoutumée, avant son allocution, elle prit soin de refaire son chignon afin d'empêcher l'éventuelle chute d'une mèche de cheveux qui pourrait gêner la lecture du bilan qu'elle avait préparé. Les dames étaient accoutumées à ce rituel, qui annonçait le début d'une nouvelle séquence de débats stimulants. Aussi firent-elles immédiatement silence. Diane sourit devant cette discipline si spontanée.

— Mesdames, bonsoir. Tout d'abord je vous remercie de participer, toujours plus nombreuses, à notre assemblée de "Frondeuses". J'ai pu constater en arrivant la venue de nouvelles personnes. À vous qui découvrez notre mouvement, sachez et gardez en mémoire la certitude que, quelles que soient les charges de famille que vous devez assumer, quel que soit le temps que vous pouvez ou non consacrer au développement de notre mouvement, vous avez toutes votre place, ne serait-ce que par l'accroissement du nombre de nos membres, qui donne toujours plus de force et de poids à nos actions.

Diane regarda l'assemblée. Quelques murmures, quelques paroles furent échangées, mais le silence fut prompt à revenir.

— Pour celles qui ne connaissent pas encore nos coutumes, je vais rappeler quelques principes. Comme chaque année, nous faisons un bilan des avancées obtenues, de celles qui nous restent à réaliser. Celles qui le veulent proposent des actions susceptibles de les atteindre. Certaines d'entre vous sont libérées de toute pression conjugale ce qui leur laisse souvent plus de temps. Vous aurez peut-être, dans vos relations, des personnes qui pourraient débloquer certaines situations. À vous de trouver, pour chaque obstacle rencontré, la parade idéale. Je préfère prévenir nos nouvelles venues : nous usons de douceur et de mesure pour faire évoluer nos droits tant que cela est possible. Mais, face à des hommes souvent retors et soucieux de conserver le monopole de certains droits, il peut arriver que nous soyons contraintes d'utiliser la ruse et même de nous lancer parfois dans quelque débat houleux pour les forcer à nous accorder des avancées. Ne vous culpabilisez jamais d'être en colère, ne vous laissez plus impressionner quand vous avez décidé de tenir tête aux plus dominateurs et aux plus misogynes.

Quelques exclamations confuses vinrent ponctuer cette dernière partie de l'introduction. Le silence revint tout aussi spontanément que la première fois.

— Un bilan s'impose, donc. Rappelez-vous, Mesdames, les progrès accomplis dans l'évolution de nos droits depuis un peu plus d'un siècle. Commençons par le chapitre de la succession des biens. Nous avons obtenu la suppression du droit d'aînesse, ayant désormais l'égalité, quel que soit notre rang de naissance et notre sexe. C'est un grand pas en avant, d'autant que nous sommes de plus en plus libres dans l'administration de nos héritages. Mais, vous le savez, il nous fallait bien plus : l'éducation et l'exercice libre d'une profession, l'une découlant de l'autre. Cela n'a pas été sans mal, et il a fallu de longues années pour que cela soit mis en place. Ainsi, depuis 1838, la première école normale d'institutrices, puis celle de l'enseignement supérieur féminin grâce à Élisa Lemonnier en 1862 et enfin la création des cours secondaires publics pour nos filles en 1867. En 1879, la Loi BERT rendait obligatoire l'entretien d'une école normale de jeunes filles dans chaque département français, précédant l'accès des femmes aux universités et l'ouverture de La Sorbonne aux jeunes filles en 1880. En 1881, la loi Jules Ferry instituait l'enseignement primaire obligatoire, public et laïc pour les filles comme pour les garçons. Depuis 1900, l'École nationale supérieure des Beaux-arts est ouverte aux filles.

Un brouhaha de rires satisfaits et d'exclamations ambivalentes stoppa l'allocution.

— Dieu soit loué, dit une première, si seulement cette ouverture s'était faite plus tôt, Camille Claudel aurait pu en bénéficier et développer son propre génie, au lieu de vivre dans l'ombre de Rodin !

Diane poursuivit son allocution.

— Mesdames, s'il vous plaît. Nous poursuivons dans la lignée des joyeuses nouvelles avec les études de médecine qui s'ouvrent de plus en plus aux femmes, depuis l'admission de Blanche Edwards au concours de l'externat. C'est justement une belle transition vers notre nouveau chapitre, qui est celui de l'accession des femmes aux professions et de la libre disposition de leur salaire.

— Alléluia !

— Nous avons depuis 1884 des professeurs féminins à la Sorbonne, depuis l'accession à ce poste par Clémence Royer. De plus, depuis 1900, celles d'entre nous qui en ont reçu la formation universitaire peuvent désormais plaider comme avocates. Nous avons ainsi la chance de disposer de pionnières en matière juridique, dont certaines se sont engagées à livrer un long combat et user de leurs appuis pour faire adopter, dès cette année 1907, une loi sur les biens réservés pour que les femmes mariées puissent disposer librement de leur salaire, ce que font nos amies belges depuis 1900 !

— Et le divorce ? L'avortement ? Sur ces terrains aussi, nous voudrions gagner en libertés…

— Il est vrai que nous n'avons pas beaucoup progressé depuis 1884, reconnut Diane. La loi Naquet n'a finalement introduit qu'un léger assouplissement depuis l'abolition du divorce lors de la Restauration monarchique. Nous en sommes toujours au divorce pour faute, le seul qui soit possible. Il n'est pas question de consentement mutuel pour le moment.

— Moi je trouvais cela plutôt bien, l'abolition du divorce, objecta une autre. Les hommes ne pouvaient pas répudier leur femme quand bon leur semblait. Quand vous voyez comment notre Président de Conseil et ministre de l'Intérieur, Georges Clémenceau, s'est servi de l'amourette de son épouse, qu'il avait abandonnée et trompée mille fois depuis des années, pour l'envoyer en prison puis l'expédier aux Amériques dans la cale… avant de demander le divorce… quelle muflerie !

— Mille maîtresses ? Vous exagérez, Edmonde. Il n'en a eu "que" huit cent ! Vous voilà en face des réalités, au moins. Un homme à femmes est simplement considéré comme un séducteur, et une femme qui tombe sincèrement amoureuse d'un homme en l'absence même prolongée de son époux est traitée comme une moins que rien… C'est toute l'histoire de l'iniquité entre hommes et femmes : l'adultère du mari est puni d'une amende, celui de la femme d'une peine de prison.

— Scandaleux !

Diane ne releva pas. Les conclusions de ses amies et compagnes de lutte étaient malheureusement fondées. Elle se contenta de sourire, encore une fois.

— Revenons à notre bilan, Mesdames, je vous prie. Comme nous le disions, nous avons encore du pain sur la planche en matière de divorce, nos amies juristes travaillent aussi sur ce point. Le droit à l'avortement est loin d'être acquis, en revanche nous avons obtenu l'ouverture légalisée de centres d'information et de vente de produits anticonceptionnels. Nous devons le premier à Paul Robin.

— Qu'est-ce que cela va nous apporter, au juste ?

— Le contrôle de notre corps, et la possibilité de refuser d'être condamnées à concevoir et à s'occuper des enfants sans limite. Avoir une plus grande maîtrise de notre vie de femmes, en somme, conclut

Diane. Nous venons tout juste d'être libérées de nos corsets, il est temps de libérer le reste. Je vous invite à lire régulièrement le journal "La Fronde des femmes" qui relate chacune de nos avancées féministes. Il fait l'objet d'un tirage beaucoup plus conséquent, depuis l'annonce du prix Nobel de physique de Marie Curie pour sa découverte sur la radioactivité. Nous trouvons ce journal dans tous les kiosques de Paris, actuellement.

Un grand "Ah" de satisfaction vint saluer cette nouvelle. Diane poursuivit, en haussant légèrement la voix, pour mieux relancer la vigilance de ses comparses sur de nouveaux objectifs ;

— Mais il nous reste encore de nombreux progrès à accomplir. Or, dans cent têtes réunies, il y a cent fois plus d'intelligence que dans une. Je compte donc sur vous pour proposer les axes de nos nouvelles revendications. J'écoute vos idées.

— Cela va vous paraître futile, lança une première, mais ce serait un réel progrès de pouvoir porter un pantalon sans plus avoir désormais à justifier du fait que l'on tient une bicyclette ou que l'on est à cheval. C'est ridicule. D'ailleurs George Sand se vêtait de pantalons.

— Bien dit : avoir le droit de s'habiller comme bon nous semble !

— Je retiens cette proposition. Quoi d'autre ?

— La création du congé maternité, pour toutes les femmes, de toutes les professions !

Un « Oui » massif se fit entendre.

— Ce serait en effet une belle avancée, reconnut Diane.

— L'égalité des salaires entre instituteurs et institutrices ! À travail égal, salaire égal !

— Le droit de vote pour les femmes ! proposa une autre.

— Utopie !

— Quelle utopie, reprit Diane ? Dois-je vous tracer un historique en Europe ? L'an dernier, les Finlandaises ont obtenu le droit de vote et d'éligibilité. En 1902, c'était au tour des Australiennes de pouvoir voter. Si l'on remonte encore plus loin dans le temps, en 1865, c'est au Royaume-Uni que le droit de vote a été accordé aux femmes pour les élections locales. Nous sommes en retard, Mesdames ! Pourquoi devrions-nous nous résigner ? Si nous-mêmes reléguons toutes nos ambitions au rang d'utopie, quel intérêt notre parti pourrait-il avoir ?

— Ne devrions-nous pas nous allier aux Vésuviennes ?

Diane fronça les sourcils. La perspective de s'allier avec des femmes qui avaient pris les armes lors de la Révolution de 1848 ne lui inspirait rien de bon.

— Les Vésuviennes ont certaines revendications fondées, comme l'accès aux emplois publics, civils, militaires. D'autres sont plus fantaisistes et attisent les moqueries masculines : une Constitution politique des femmes, l'obligation du mariage féminin à 21 ans, la mise en place d'un service militaire obligatoire féminin, et le doublement du service militaire masculin pour les hommes qui refuseraient les tâches ménagères. Tout cela n'est ni réalisable, ni utile. Par ailleurs, leurs "méthodes" pour le moins violentes, doivent nous inspirer la plus grande méfiance. Nous devons faire un tri entre ce qui nous paraît mesuré, possible, raisonnable, et les revendications radicales, qui desservent la cause féministe et pourraient porter ombrage à notre mouvement. Les hommes font feu de tout bois et sont enclins à bien des amalgames utilisés comme prétexte pour réprimer notre parti. Gardons les rares alliés dont nous disposons par un discernement rigoureux sur nos demandes, et maintenons nos distances face aux extrêmes de tous bords. Faites remonter vos idées : nous ferons le point sur les prochaines revendications à faire adopter par le biais de nos appuis au Parlement. En attendant, Mesdames, c'est l'heure de notre traditionnel cocktail amical.

CHAPITRE 4 – A L'OPÉRA

Vingt heures. Paris, place de l'Opéra.

Depuis trois heures déjà, la nuit avait recouvert la capitale d'une obscure couverture aux mille constellations, faisant réponse à l'éclat des lumières de la ville. Un Paris glacial du mois de janvier mais dont les réverbères éclairaient chaque pas des promeneurs, chaque façade d'immeuble que nul n'eût remarquée en plein jour, sinon d'un œil distrait. Ces va-et-vient nocturnes annonçaient une nouvelle journée dans la journée. Après un dur labeur, un autre monde : celui de l'art, des spectacles, et des soirées animées entre amis. Paris, capitale culturelle, mais capitale des rencontres aussi. De loin on entendait les rires émanant des brasseries, des voix de femmes se mêlant à d'autres, masculines, puis, de l'autre côté de la place, venant du boulevard des Capucines, des groupes de personnes encore émerveillées par l'imposante Madeleine, et dont les flots de paroles étaient bientôt couverts par le roulement des calèches arrivant de la rue de la Paix en direction de l'Opéra Garnier. Malgré le froid, qui, souvent, anesthésie les sens, on percevait, dans ce carrefour, des rues formant une étoile autour de l'opéra, un subtil mélange d'odeurs de cannelle, de thym et de cassis, de mûre, de bergamote et de roses. Un curieux enchevêtrement de fragrances d'eaux de toilettes et d'arômes des vins chauds des brasseries…

Il n'était plus l'heure de s'attarder sur ces délices fugaces. Le temps pressait. Le moment était venu d'entrer dans ce sanctuaire dédié à l'art sous toutes ses formes. Les spectateurs de classes sociales modestes, facilement reconnaissables, venaient le plus souvent à pied et empruntaient l'entrée de la façade principale, donnant sur la place de l'Opéra, non sans avoir guetté au préalable quelque notable venant en calèche et se dirigeant directement vers l'entrée Est de l'édifice, qui menait à la rotonde des abonnés. Tout en pénétrant dans le Temple, les "petits bourgeois », comme les appelaient certains nantis, lisaient les commentaires du livret offert à l'achat de leur billet, cherchant fiévreusement le moindre détail qui pourrait combler leur soif de connaissance d'un art qu'ils découvraient à peine. L'architecte Charles Garnier avait achevé la réalisation de l'Opéra au siècle précédent, pendant le règne de Napoléon III, et l'avait inauguré en 1875, peu après la capitulation de cet empereur et l'avènement de la troisième République. Ce détail étonnait : aux yeux des novices, l'opéra était neuf. A peine plus de trente ans. Pour beaucoup, c'était comme si cette œuvre gigantesque était née la veille. Au demeurant, les abonnés avaient eux aussi ce sentiment de découvrir l'édifice à chacune de leur venue, tant l'architecture de l'opéra regorgeait de subtilités qui ne pouvaient être toutes embrassées en une seule visite.

Une fois le rez-de-chaussée de l'entrée Est atteint, les riches habitués découvraient une descente à couvert donnant sur un vestibule de forme circulaire placé exactement sous la salle de spectacle, entouré d'une galerie de colonnes cannelées de sampan rouge du Jura, dont la couleur contrastait avec le blanc crème du marbre de Carrare des chapiteaux et des pieds de colonnes. Au centre, une mosaïque circulaire "à la vénitienne", d'une précision infinitésimale, accueillait les privilégiés de semis de fleurs et de rosaces menant à un divan circulaire de velours grenat. Au centre de la voûte trônait un étrange zodiaque, sculpté par Félix Chabaud, mêlé des quatre points cardinaux d'une boussole dont l'orientation différait totalement de celle, qui, extérieure à l'opéra, était unanimement reconnue, entendant ainsi imposer, en ce monument clos, un nouvel ordre, une autre approche de l'espace annonçant un monde nouveau, coupé du monde extérieur. L'opéra devenait ainsi la boussole du monde. Mieux encore : LE Monde.

L'homme, habillé de noir comme à son habitude, avait ôté son haut de forme en entrant dans le vestibule. Le pas décidé, il ne dédaigna pas pour autant les magnificences de la rotonde, dont il découvrait de nouveaux détails à chacune de ses apparitions dans ce haut lieu consacré à l'art, à la culture, aux arts spirituels. Assise sur sa colonne, les cheveux crépus couronnés de serpents apprivoisés et vêtue d'un misérable drapé arrangé de façon anarchique, la célèbre Pythie semblait, dans une posture suggérant une méfiance extrême, crier ses visions prophétiques au profane naïf qui osait s'aventurer. Symbole de la clairvoyance et de l'aveuglement humain, la prêtresse du dieu Apollon, à la fois sensuelle et pudique, un sein et une jambe dénudés, le regard sévère et la mâchoire serrée, exprimait avec force un refus dont on ignorait la nature.

"Ambiguë, assurément".

L'homme s'était, à maintes reprises, attardé devant cette œuvre colossale du sculpteur Marcello, qui avait voulu la représenter comme la patronne des artistes évoquant l'Esprit et s'adressant directement à lui. Il l'avait tant regardée qu'il lui semblait la connaître entièrement, et même comprendre la violence de ses paroles, sa démence. Puis il salua la Pythonisse d'un sourire, se réjouissant une fois de plus qu'elle ait pris la place d'un Orphée originellement prévu à cet endroit, et décida de remettre à plus tard ses contemplations. Il vérifia sa tenue au moyen des deux grands miroirs où se reflétaient, par le jeu d'un audacieux face à face, le vestibule et, dans sa continuité, les pylônes et les arcades qui se multipliaient à l'infini. Enfin, il se décida à rejoindre le grand escalier, théâtre prestigieux des mondanités, espérant y trouver quelque jolie soliste.

Le manteau plié sur son bras gauche, la main tenant son haut-de-forme, il entama la montée du mythique grand escalier. D'un pas sûr et endurant, l'homme parvint au grand étage et se plaça sur le balcon central, d'où l'on dominait aisément toute l'effervescence du grand Paris en vogue, et d'où il pourrait apercevoir quelque compère ou quelque fin connaisseur de la pièce musicale qui allait se jouer. N'y apercevant personne de sa connaissance, il posa son manteau sur le rebord de marbre jaune du balcon, lissa sa moustache tombante et laissa son regard errer en direction du plafond. Charles Garnier, le glorieux "père" de cette merveille d'opéra, avait fait preuve d'une grande finesse d'analyse sur la psychologie humaine : *"plus le plafond est haut, plus les regards s'élèvent, plus l'esprit et le corps s'en trouvent dégagés",* avait expliqué l'illustre architecte. Le regard du contemplateur s'arrêta plus particulièrement sur l'une des quatre compositions allégoriques du peintre Isidore Pils divisant le plafond : parmi toutes les scènes évoquant le mont Olympe entier, *"le Triomphe d'Apollon"*. Triomphe de la Beauté dans son sens le plus large, célébrant les arts spirituels autant que les charmes physiques. Un élan donné par quatre puissants chevaux, que rien ne semblait pouvoir arrêter.

— Monsieur Clémenceau, que nous vaut le plaisir ?

À regret, le Tigre quitta soudainement l'Olympe pour redescendre brutalement au royaume des mortels.

— Albert ! Mon cher Albert, quelle belle surprise ! Eh bien, comme vous vous en doutez certainement, je viens savourer ce fameux Requiem. Et vous-même ?

— Comme vous, je viens me délecter à la fois de ce fastueux décor et d'une pièce chère à mon cœur. Depuis le temps que je souhaitais assister à un Requiem de Mozart ! Mais je dois vous avouer n'avoir jamais osé espérer, auparavant, l'écouter en un tel lieu. Cet opéra ! Quelle splendeur ! Il nous faudrait une semaine entière pour en observer chaque détail et s'en délecter. Il sublime le caractère sacré de chaque pièce qui s'y joue, ne trouvez-vous pas ?

— Assurément, Albert, Assurément. Comment vous portez vous, depuis le temps que nous ne nous sommes vus ? Où en est votre journal quotidien ?

— J'en suis devenu le directeur adjoint. Le journal a quintuplé son tirage en trois ans. Nous avons étendu nos champs d'investigation, et, par la force des choses, augmenté le nombre de nos journalistes. "L'éclaireur" est devenu très polyvalent.

— La belle affaire ! À quelles thématiques vous êtes-vous étendus ?

— Les sujets politiques en premier lieu : la décolonisation, l'éducation, les relations internationales, mais aussi des thèmes plus secondaires, comme la montée du féminisme, par exemple.

— Allons donc ! Qu'allez-vous vous occuper des tricoteuses !

— Détrompez-vous, Monsieur le Président : les tricoteuses ne sont qu'un maillon infime, dépassé et quasiment inactif, distinct du courant des féministes actuelles. C'est un véritable mouvement politique qui est en train de se développer.

— Vous m'amusez…

— Tant mieux ! Voyez-vous, sur le palier, devant la porte des Cariatides, cette femme au chignon blond-roux, habillée d'une robe de velours noir au col monté blanc? Il s'agit de Diane de la Ribaudière. Noble naissance, de par son père, Edmond Courtenay de Mardilly, dont elle soutient le bras. Il est issu d'une longue et glorieuse lignée d'hommes qui se sont illustrés dans les armées. Elle est à la tête de l'industrie cosmétique "Les secrets de Diane", qu'elle dirige depuis le décès de son époux. Les rumeurs courent sur un éventuel remariage avec le fils d'une autre grande famille.

— Quelle relation avec le mouvement féministe ?

— Elle en est la présidente. Pour des raisons qu'elle est seule à connaître, elle a entrepris de créer et diriger "Les Frondeuses" qui agit sur plusieurs fronts. Elle refuse de se mélanger justement à nos fameuses tricoteuses, et aux descendantes des redoutables Vésuviennes, par souci de crédibilité. Son mouvement prend d'autant plus d'influence que les revendications et leurs actes sont savamment mesurés et leurs paroles pesées. Pour couronner le tout, elle a à son actif un joli carnet d'adresses parmi les parlementaires pour appuyer les avancées féministes.

— Voilà une femme intéressante. Me la présenteriez-vous?

— Je ne demanderais pas mieux. Hélas, je ne la connais uniquement par les éléments rapportés par mes employés spécialisés dans cette thématique. On raconte de plus que la fameuse Diane n'accepte que difficilement un entretien avec un homme hors la présence d'un chaperon à proximité.

— Une femme prude, allons donc ! Et son père, quel est son rôle ?

— Très actif, dans le temps, il menait ses affaires en véritable tyran. Diane se montre plus diplomate. Aussi s'est-il effacé, peu à peu, pour laisser les coudées franches à sa fille, avec d'autant moins de regret que sa maladie l'a fortement diminué…

— Une maladie ?

— Une maladie curieuse, contractée selon toute vraisemblance pendant l'un de ses nombreux voyages.

Le Tigre resta songeur un instant, observant Diane avec attention, détaillant chacune de ses attitudes, et chaque particularité de sa tenue.

« Cette silhouette noire, mêlé de blanc, et de doré. Elle me rappelle la préceptrice du roi Henri II. Comment s'appelait-elle, déjà ? Diane de Poitiers, je crois… morte d'avoir voulu rester jeune. »

Le Tigre interrompit ses méditations, et se tourna vers son jeune compère.

— Bien. Si nous allions prendre place ? L'orchestre va bientôt faire son entrée. Je vous invite sur mon balcon, mon jeune ami… À moins que vous n'ayez d'autres projets, bien entendu ?

— Aucun autre projet. Je vous accompagne avec joie, Monsieur. Cet honneur va me valoir bien des jalousies…

CHAPITRE 5 – L'ANGE NOIR

L'assemblée avait pris place, attendant que l'orchestre ait fini de s'installer et que chaque musicien ait accordé son instrument. À la cacophonie habituelle des sons de bois, de cordes et de cuivres se mêlait confusément celle des voix des spectateurs, chacun y allant de son commentaire. Les musiciens, en apparence détendus, échangeaient furtivement quelques mots avec leurs voisins, bientôt interrompus par l'entrée des quatre solistes et du directeur d'orchestre, acclamés par l'assistance, et à l'arrivée desquels les instrumentistes se levèrent. Tout à droite, devant le chœur, se tenait un baryton à l'allure athlétique, en élégant queue-de-pie, secondé par un ténor au ventre bien arrondi. La soliste mezzo, d'une stature solide mais harmonieuse, suivait de près une soprano au visage lumineux, entouré de boucles blondes.

Diane se pencha en direction de son père. Elle aimait partager avec lui ces moments privilégiés et qui répondaient si profondément à leur engouement pour la musique sacrée. Le vieux marquis lui avait transmis cet attrait pour la poésie, les chants liturgiques, les opéras et les pièces lyriques. Dernière de ses filles, Diane rassemblait à elle seule toutes les qualités et aptitudes qu'il avait rêvées d'un fils : sa solidité physique et psychique, son goût prononcé pour l'équitation, l'escrime, les armes, pour les affaires et la culture, son intérêt profond pour les questions politiques et économiques. L'intrépidité d'un garçon mêlé à la subtilité féminine, un cocktail qu'il trouvait délicieusement dangereux.

Habités par le Requiem de Mozart, fille et père avaient impatiemment attendu ce jour. Comme à son habitude à chacune de leur sortie, le vieux marquis avait arboré, dès le matin, un visage radieux, s'exclamant au petit déjeuner, devant son épouse : *"Aujourd'hui, j'amène ma fille à l'opéra"*. Ce regard lumineux ne l'avait pas quitté de toute la journée, et même à leur entrée dans l'édifice, où ils avaient joyeusement conversé avec quelques connaissances de bonnes familles.

Croyant partager un sourire complice avec le vieil homme, elle fut pourtant surprise de lui découvrir soudain un visage fermé, les mâchoires serrées, les yeux rivés sur le quatuor de solistes. Lui dont les traits étaient si épanouis jusqu'à leur installation dans l'alcôve semblait soudain animé par un trouble qu'elle ne lui avait jamais connu. Elle se garda cependant d'intervenir et se contenta de guetter son comportement.

Une serveuse entra dans la stalle.

— Madame, Monsieur, vos coupes de champagne.

Diane lui fit signe de poser les verres sur la table. La serveuse posa un verre devant elle et l'autre devant son père, puis leur adressa une discrète et courte révérence.

Le son chaleureux des bassons, puis des cors de bassets marqua le début de l'introduction de la messe, présentant ainsi le thème principal. Les trombones annoncèrent alors l'entrée du chœur accompagné par les cordes syncopées, soulignant ainsi le caractère solennel et régulier de la pièce musicale. Comme une prière appelant à l'indulgence, au pardon des actions passées. Puis la soprano, seule, poursuivit l'appel à la miséricorde divine.

Le trouble du marquis augmenta au son de la voix cristalline de la soprano. Ces cheveux blonds tombant sur ses épaules, tels ceux d'une madone, cette attitude innocente, cet air fragile, ce timbre de voix clair et aigu, lui rappelaient tant celle qu'il avait vénérée, dans le plus grand secret et au mépris des conventions de la haute société. Cette voix... cette voix aussi lumineuse et pure que l'eau des lacs au bord desquels ils s'étaient tant de fois rejoints et confiés. Un souvenir si lointain qui le rattrapait si soudainement, comme un coup de poing en plein visage. Le rythme de son cœur devint irrégulier, marquant, en alternance, ralentissements et accélérations brutales. Sa respiration se fit capricieuse. Il posa la main droite sur sa poitrine, tandis que le chœur poursuivait l' *"Introïtus "* du requiem. En tremblant, le marquis tendit la main en direction de son verre, sans pouvoir l'atteindre. Diane le remarqua, saisit la flûte et la lui approcha.

— Père, que se passe-t-il ?

Le vieil homme ne répondit pas, se contentant de faire un signe de sa main, lui signifiant de ne pas dire un mot de plus. Il lui fallait seulement boire : le contact du champagne frais sur ses lèvres apaiserait certainement son malaise. Ce breuvage doré était l'un des rares plaisirs qu'il pouvait encore se permettre, malgré sa maladie, et dont il n'accepterait de se priver sous aucun prétexte.

Le chœur aborda la dernière partie de l'introduction du requiem.

Requiem æternam dona eis, Domine,
    Le repos éternel, donne-leur, Seigneur
et lux perpetua luceat eis
    et que la lumière éternelle brille sur eux.

Le marquis saisit la main de sa fille, qui détourna son regard de la scène pour observer son père ; le buste légèrement secoué par l'accès de tachycardie et la respiration hésitante, il regarda devant lui, semblant finalement retrouver le calme, puis il hocha la tête pour signifier son mieux aller, avant de se tourner à nouveau vers le chœur, et précisément vers la soprano, à présent assise.

Sans pause, le chœur enchaîna la messe avec le second mouvement, constitué d'une fugue dont les montées chromatiques augmentaient en intensité au fur et à mesure, telle une tornade, une tempête tournoyant déchirant et emportant tout sur son passage.

Les battements cardiaques prirent de nouveau de la vitesse, la respiration se fit de plus en plus difficile. *"Cet opéra est décidément trop chauffé"*, pensa Diane ; elle se leva et obligea son père à faire de même. L'air frais lui ferait le plus grand bien. Ils quittèrent le balcon, et empruntèrent le couloir, la tête penchée vers le sol afin de descendre pas à pas les marches des alcôves.

A peine eurent-ils franchi quelques mètres qu'une silhouette leur barra le chemin. Une robe de soie noir mat, surmontée d'une chemise à manches bouffantes en dentelle noire, était portée par une dame de belle stature, d'une soixantaine d'années, les cheveux relevés en un austère chignon. L'expression de sévérité trahie par le regard tranchait avec la clarté du visage, aux traits encore fermes, entouré de légères boucles blondes. Un ange noir.

Le marquis regarda fixement les yeux bleus de l'inconnue pendant quelques instants, avant de détourner brusquement son regard, entraînant sa fille vers le grand escalier. Les murs, les arcades, les fresques aux mille couleurs tournoyaient devant les yeux du vieil homme au rythme vertigineux du *"Kyrie"* de Mozart. La serveuse qui leur avait apporté la coupe de champagne les dépassa hâtivement. Diane la héla mais la jeune femme fit mine de ne pas entendre l'appel et continua son chemin, avant d'entrer dans une autre stalle.

N'ayant pu voir son visage, Diane avait remarqué un détail peu commun à la base de la nuque de la jeune serveuse : le dessin d'un oiseau bleu au ventre blanc et à la queue fourchue, en plein envol.

"Curieux, tiens ! Comment peut-on employer des femmes portant un tatouage pour servir la belle société ? Je signalerai son comportement plus tard, j'ai d'autres priorités pour le moment".

Diane reprit le bras de son père, assis sur un banc et l'amena en direction du grand salon.

CHAPITRE 6 – LE RÉQUISITOIRE DU DIABLE

Il cligna longuement des paupières, avant de pouvoir enfin les ouvrir de façon continue. Le flou s'était installé devant ses yeux. Il tenta de se concentrer sur un point précis, dans l'espoir de clarifier sa perception de ce qui l'entourait, mais comprit bien vite que ses efforts resteraient vains : le choc qu'il avait reçu sur le crâne en était certainement la cause. Ce crâne qui le lançait atrocement, au point de lui faire imaginer qu'une énorme boule de plomb tentait, par l'intérieur, d'en briser les parois. Une envie subite de vomir, de se libérer de cette sourde oppression. Il voulut rouler vers le côté gauche, mais son bras droit resta bloqué. Seule son épaule avait pu se soulever, mais si faiblement. Il tenta de bouger ses jambes mais n'obtint pas plus de résultat.

Quatre têtes se penchèrent au-dessus de lui. Quatre têtes couvertes d'une capuche noire à sommet pointu, et dont le haut du visage était caché par un loup de velours noir. Il releva légèrement la tête. Une cinquième s'approcha, au-dessus de ses pieds, au bout de la table de bois sur laquelle il était allongé. Une silhouette vêtue entièrement de noir. Sur chacune des capuches, placée au niveau du front, une croix chrétienne renversée, la tête du Christ vers le bas. Que voulait dire tout ceci ?

Une sixième tête encagoulée se pencha sur lui. En chœur, les six silhouettes joignirent leurs mains au-dessus du corps, récitant quelques vers latins :

> *Dies irae, dies illa*
> Jour de colère que ce jour-là
> *Solvet sæclum in favilla,*

Où le monde sera réduit en cendres,
Teste David cum Sibylla.
Selon les oracles de David et de la Sibylle.
Quantus tremor est futurus
Quelle terreur nous envahira,
Quando judex est venturus
Lorsque le Juge viendra
Cuncta stricte discussurus.
Pour délivrer son impitoyable sentence !

Puis elles firent un pas en arrière.

— Baptiste Fauconnier, tonna la sixième personne d'une voix de femme, tu es accusé d'avoir commis seize crimes sexuels sur des femmes et jeunes filles entre le 25 février et le 24 septembre 1906, dans les villes de Paris, Melun, Saint-Maur des Fossés et Évry.

— C'est faux !

— Silence ! Pour ces raisons, tu es condamné à être privé de ce qui t'a servi à les commettre, afin de n'être plus en mesure de reproduire ces agressions.

— Je suis innocent ! Je veux…

La prêtresse ignora la protestation.

— Tu n'as laissé à tes victimes aucune chance, aucun droit de réponse. Tu en as disposé contre leur volonté. Tu subiras le même sort, sans le moindre droit à être défendu. Demande à Dieu sa clémence. Lui seul pourra décider si tu mérites ou non d'être absous, une fois ton châtiment subi.

— Soyez maudites !

Un éclat de rire secoua les six prêtresses. Quand elles eurent repris leur sérieux, celle qui se trouvait près de sa tête lui sourit.

— Nous le sommes déjà…

L'homme voulut à nouveau crier, mais sa bouche, à peine ouverte, fut obstruée par une boule de tissus tenue par un bâillon qui lui enserra bientôt la tête, accentuant sa douleur au crâne. La silhouette s'éloigna légèrement de la tête de l'homme, puis fit un signe de tête en direction de ses comparses.

— Qu'il en soit ainsi ! fit-elle en se signant d'un geste de croix inversé.

Les deux silhouettes se tenant à gauche et à droite de son torse maintinrent subitement ses hanches, tandis que celle qui était en bout de dalle tint ses pieds contre la pierre. Une autre se saisit de ses parties génitales.

Une douleur suraiguë le figea. L'homme écarquilla les yeux, horrifié : une lame avait traversé la chair en une fraction de seconde, séparant d'un seul geste les attributs masculins du reste du corps.

Le bourreau présenta son fétiche au supplicié, qui vit bientôt ses restes se perdre dans le feu de la cheminée, répandant une abominable odeur de chair brûlée…

Puis il ressentit une douleur lancinante sous le sternum.

Juste avant le néant.

CHAPITRE 7 – VERS UNE NOUVELLE VIE

L'attelage allait bon train dans les rues illuminées de Paris. Les chevaux tenaient un rythme soutenu, "encouragés" par les appels de langue et la présence de la chambrière au-dessus de leur croupe. S'il eût été impossible de circuler au galop, en cette heure d'affluence, il avait été expressément recommandé au cocher de ne pas tarder.

Dans l'habitacle de la calèche, Armand fulminait : tout ce retard pour un mariage dont il ne voulait pas entendre parler. L'image de ce père malade, mais encore suffisamment énergique pour chercher à lui imposer sa volonté, le tiraillait. Entre compassion et colère. Entre respect filial et révolte. Comment s'y prendre pour se faire entendre ? La discussion qu'Armand avait eue dans la matinée avec sa mère avait amené le vieux comte à user de son autorité, à un moment où la diplomatie n'avait su porter ses fruits. L'attitude fragile d'un être physiquement diminué par la maladie avait rapidement fait place, sous la colère, à un feu qu'il n'avait pas vu depuis longtemps dans les yeux de son père. Regard sombre et voix rauque, le comte avait exigé de son fils sa totale soumission au projet de mariage qu'il avait mis sur pied pour lui assurer un avenir serein et stable, loin de ses galanteries habituelles, loin des filles de cour, des danseuses, des artistes en mal de reconnaissance et des futilités. Son fils persistant dans son refus, le patriarche l'avait menacé sur un ton péremptoire de le priver de ses passions équestres et de tout moyen de subsistance. Ainsi s'était achevée leur discussion.

Il lui faudrait alors dire adieu à sa liberté, aux honnêtes gens que les propriétés de ses parents abritaient et employaient, dont il s'était senti tellement proche, durant son enfance, son adolescence, avec lesquels il avait noué une amitié sincère et forte, une fraternité, même, parfois. Il pensa à tous les trésors de patience et de maîtrise auxquels il aurait eu recours pour parvenir à fermer les yeux sur des discours en faveur de la conservation des colonies, assertions stupides et prétentieuses qu'il ne pouvait souffrir, s'il avait accepté de rejoindre la famille des Courtenay de Mardilly et leur entourage. Ce célèbre discours de Georges Clémenceau du 31 juillet 1885, en réponse à un Jules Ferry alors chef de gouvernement, lui revint en mémoire :

"Les races supérieures ont sur les races inférieures un droit qu'elles exercent, ce droit, par une transformation particulière, est en même temps un devoir de civilisation. Voilà en propres termes la thèse de M. Ferry, et l'on voit le gouvernement français exerçant son droit sur les races inférieures en allant guerroyer contre elles et les convertissant de force aux bienfaits de la civilisation. Races supérieures ? Races inférieures, c'est bientôt dit ! Pour ma part, j'en rabats singulièrement depuis que j'ai vu des savants allemands démontrer scientifiquement que la France devait être vaincue dans la guerre franco-allemande parce que le Français est d'une race inférieure à l'Allemand. Depuis ce temps, je l'avoue, j'y regarde à deux fois avant de me retourner vers un homme et vers une civilisation, et de prononcer : homme ou civilisation inférieurs. Race inférieure, les Hindous ! Avec cette grande civilisation raffinée qui se perd dans la nuit des temps ! Avec cette grande religion bouddhiste qui a quitté l'Inde pour la Chine, avec cette grande efflorescence d'art dont nous voyons encore aujourd'hui les magnifiques vestiges ! Race inférieure, les Chinois ! Avec cette civilisation dont les origines sont inconnues et qui paraît avoir été poussée tout d'abord jusqu'à ses extrêmes limites. Inférieur, Confucius ! En vérité, aujourd'hui même, permettez-moi de dire que, quand les diplomates chinois sont aux prises avec certains diplomates européens, ils font bonne figure et que, si l'un veut consulter les annales diplomatiques de certains

peuples, on y peut voir des documents qui prouvent assurément que la race jaune, au point de vue de l'entente des affaires, de la bonne conduite d'opération infiniment délicates, n'est en rien inférieur à ceux qui se hâtent trop de proclamer leur suprématie. (...) Je ne veux pas juger au fond la thèse qui a été apportée ici et qui n'est pas autre chose que la proclamation de la primauté de la force sur le droit ; l'histoire de France depuis la Révolution est une vivante protestation contre cette inique prétention. »

Georges Clémenceau… le Tigre. L'humaniste. L'anticlérical, l'ennemi de toutes les monarchies et de tous les empires, le défenseur des libertés. Clémenceau, le "tombeur de gouvernements" et principalement de ceux siégeant sous la coupe d'un Jules Ferry campé sur une prétendue supériorité intellectuelle. Clémenceau le rude, le rebelle, l'indomptable. Un homme libre, affranchi des considérations matrimoniales. Un penseur, un avant-gardiste dont il goûtait chaque idée, chaque parole. Si lui, Armand Fayet de Terssac, avait pu naître sous une autre étoile, il aurait indubitablement suivi cet homme, quelle que soit la direction prise.

La calèche s'immobilisa devant l'entrée latérale de l'opéra, réservée aux abonnés. Le cocher descendit et ouvrit la porte à son jeune maître, qui lui donna la pièce et le salua d'un signe de tête respectueux, avant d'entrer en hâte dans la rotonde, qu'il traversa en honorant d'un regard distrait les détails architecturaux de l'édifice.

Enfin parvenu au sommet du grand escalier, Armand reconnu deux silhouettes qui lui étaient familières : Diane de la Ribaudière et son père. *"Quand on pense au loup, on en voit le museau"*, pensa-t-il en faisant le deuil d'un répit qu'il estimait avoir mérité après cette rude journée. Il salua poliment le duo, avant de remarquer l'état de fatigue de son présumé futur beau-père. Il se tourna vers Diane.

— Votre père est bien pâle.
— Il a fait un malaise, tout à l'heure.
— Que s'est-il passé ?

Diane se pencha vers Armand.

— Il est très affaibli. Sa santé décline de jour en jour.

— Quel est donc son mal ?

— Justement, nul ne le sait. Aucun médecin n'a pu en déterminer la cause.

— J'en suis navré. Il se trouve que je suis confronté au même mystère. Mes deux parents…

— Serait-ce la même maladie ? Une épidémie ?

— Je l'ignore. Mais ce n'est pas impossible. Votre mère est-elle en bonne santé, au moins ?

— Elle commence à présenter des signes semblables. Quels sont les symptômes, chez vos parents ?

— Irritabilité, dépression, troubles de la mémoire, mais aussi tremblements, arythmie cardiaque, fragilisation des gencives, dents qui bougent et tombent, abcès divers, surtout à la bouche.

— Les miens présentent exactement les mêmes symptômes. Ma mère en est à un stade moins avancé, mais sa santé décline. Et vous, comment vous portez vous ?

— Très bien. De toute évidence cette maladie ne m'a pas atteinte. Pas encore.

— Je m'en réjouis pour vous.

— Mon père semble avoir repris un peu de forces. Je le ramène dans l'alcôve, ce sera plus confortable pour lui.

— Bien entendu. Je vais vous aider à le soutenir.

Ils regagnèrent l'alcôve et assirent le vieux marquis sur son fauteuil de velours grenat, tandis que le chœur achevait les dernières strophes du mouvement *"Tuba Mirum"* du requiem.

"Le jugement dernier", conclut le marquis sur un ton monocorde. *"Le jugement dernier"*.

CHAPITRE 8 – PRÉCIEUSES CONFIDENCES

Armand était absorbé par la mélodie descendante, majestueuse, offerte par les notes prolongées de l'orchestre. Les trois puissants accords du chœur sur la syllabe Rex, au tout début du mouvement, l'avaient saisi au point de l'obliger à rester immobile, le cœur battant, sous les ordres de ce "Roi d'une majesté redoutable" décrit dans le mouvement "Rex tremendæ majestatis". Cet hommage adressé à une personne royale avait, malgré la faible longueur de ce mouvement, cette solennité, cette grandeur qu'Armand recherchait en tout homme plus puissant que lui et qu'il aurait voulu trouver dans les traits de caractère de son père. Or, bien que respectant profondément Charles Dieudonné Fayet de Terssac, il éprouvait plus de crainte vis-à-vis de son inflexibilité que de véritable déférence. Si seulement son père avait eu le dialogue plus ouvert… Il aimait converser avec sa mère, et appréciait sincèrement sa ferme diplomatie, mais aurait cependant souhaité connaître une relation plus fluide avec le vieux comte.

L'inexpérience, la fougue d'Armand avaient eu le mérite de l'aider à s'émanciper, mais lui avaient valu par la même occasion de rompre, par un ultime affrontement, une relation père-fils qui s'était pourtant naguère avérée fructueuse. Les monologues du Comte ne laissant place à aucune objection, aucune contre-proposition, furent-elles constructives, avaient heurté à plusieurs reprises ce jeune aristocrate aux idées modernes, fondamentalement rebelles et libertaires. Une génération les séparait. Et désormais, les desseins de ses parents à son égard l'avaient peut-être séparé d'eux pour toujours.

"Salva me, fons pietatis" (« Sauvez-moi, source d'amour »). Cette prière entonnée par le chœur résonnait en lui comme sa propre voix.

Louis se pencha vers son ami d'enfance.

— Tu me sembles bien sombre, mon ami.

— Si tu savais à quel point je le suis, en effet…

— Je n'ai pas l'habitude de te voir d'humeur aussi noire. Que t'arrive-t-il ?

— Figure-toi que mes parents m'ont choisi une épouse. Bientôt trente ans, et il faudrait que je me laisse marier aussi docilement qu'un jeune dindon.

Louis retint un sourire, mais ne put rester totalement silencieux. Les autres locataires de la loge se retournèrent vers lui, l'œil réprobateur.

— Te connaissant si épris de liberté, j'imagine ce que cela peut représenter à tes yeux. Et peut-on savoir qui est ta dulcinée ?

— Tu ne vas pas en croire tes oreilles.

— Dis toujours…

— Diane de la Ribaudière.

Louis avala sa salive.

— S'il vous plaît !

Les mêmes spectateurs se retournèrent en sa direction, l'œil noir.

— Mes plus sincères excuses, dit-il en s'inclinant humblement.

Les deux compères laissèrent les chœurs parachever leur descente jusqu'au silence et quittèrent la loge. La discussion reprit dans le fastueux décor des couloirs.

— Ma parole, tes parents ne t'ont pas proposé n'importe qui !

— De quoi parles-tu, exactement ?

— De beaucoup de choses : le parti qu'elle représente, l'alliance possible de vos fortunes, mais aussi, cher jeune dindon, ils ne t'ont pas donné la plus sotte, ni la plus insipide…

— Ils ne m'ont pas donné la plus gracieuse, non plus. Plus âgée que moi, et veuve en plus de tout le reste.

— Justement ! L'héritage de sa famille ajouté à celui de son défunt époux…

— Cher Louis, remballe ton enthousiasme, je te prie. L'idée du mariage m'est déjà insupportable, mais avec elle, c'est impossible. Je ne peux la souffrir...

— Soit. Je ne te torture pas davantage.

— Et toi, où en es-tu ?

— Je suis passé Commissaire !

— Félicitations, cher ami, dit Armand en s'inclinant légèrement. Mais entre nous, je me suis toujours demandé ce que tu faisais dans cette institution.

— Tu me connais : je voulais échapper moi aussi au contrôle de mon père, quitte à recommencer au bas de l'échelle et à partir à l'autre bout de la France. Les relations n'ont jamais été au beau fixe, entre nous. Et mon métier promet de se faire plus intéressant, prochainement.

— Raconte !

— Il est question d'une grande réforme de fond : la création d'une véritable police française, incluant des brigades mobiles mais restructurant, au final, toutes les ressources humaines et matérielles. Un grand plan de lutte anticriminalité va bientôt voir le jour.

— Tu en seras ?

— Et comment ! Mon chef de service sera mêlé de près à cette gigantesque aventure. Il est actuellement chef de la Sûreté à Lyon. Son amitié avec Hennion va certainement lui valoir une magnifique promotion : il est pressenti pour devenir commissaire chargé du Contrôle général des services de recherches dans les départements.

— Le grand patron, en d'autres termes ? Compétent ?

— Plus que cela : un homme de terrain, un GRAND chef d'escadron : honnête, intègre, humain.

— Je le connais peut-être ?

— Je ne le crois pas. Un homme très discret : Jules Sébille.

Armand fit une moue accompagnée d'un signe négatif de tête.

— Inconnu au bataillon...

— Je n'en suis pas étonné : toi si libertin, et lui si puritain. Tu es de noble naissance, lui est né sans fortune. Un gouffre vous sépare, conclut Louis, amusé.

— Libertin, libertin, tu exagères. Libre, libertaire, oui, je te l'accorde. Du coq à l'âne, quel est l'objectif de ce grand chamboulement ?

— Créer un service d'investigations judiciaires compétent et actif sur tout le territoire français, avec de nouveaux moyens. Le chantier est lourd, long, complexe, mais passionnant.

— Je veux bien l'imaginer. Mais comment allez-vous conduire vos investigations ?

— Un recrutement de masse, le redéploiement des réseaux de renseignements. Puis-je te compter parmi mes alliés ?

— Compte sur moi. Que faut-il que je fasse ?

— Ouvrir grand tes oreilles, et activer tes connaissances.

— Je serai à l'affût. Après tout, il se pourrait que nos intérêts convergent. Et si nous y retournions, à présent ? Je ne voudrais pas manquer les prochains mouvements du requiem.

CHAPITRE 9 – FANTÔMES DANS LA NUIT

La calèche traversa en toute hâte les rues de Saint-Maur-des-Fossés. Les réverbères, éteints en cette heure avancée de la nuit, laissaient les quartiers dans une pénombre si épaisse que l'on n'aurait pu distinguer le moindre chat, la moindre présence humaine. Seule la lune, par moments, offrait un éclairage suffisant pour permettre au conducteur de l'attelage de s'assurer de son itinéraire. En ces quartiers où rares étaient les façades illuminées de cette pure lumière blanche, c'était une aubaine de pouvoir progresser sans craindre d'être aperçu. Après un temps de ralentissement, pour ne pas être repéré par le bruit des roues de la voiture sur le pavé, le cocher relança ses chevaux et reprit sa vitesse effrénée, pendant quelques longs instants, avant de revenir à une allure modérée.

Enfin, il arrêta les chevaux au coin d'un parc boisé du quartier, afin de rester dans l'obscurité. Deux fantômes noirs et trapus descendirent de l'habitacle, d'où ils sortirent un long rouleau que chacun saisit par l'extrémité. Ils posèrent leur chargement à terre, pour mieux reprendre leur souffle, et, après un signe de tête convenu, se penchèrent et se saisirent à nouveau de leur fardeau, qu'ils portèrent, non sans effort, au pied du portail en fer forgé de la maison bourgeoise qui dominait le square.

Surtout ne faire aucun bruit, de sorte de pouvoir repartir sans risque d'être poursuivi… Le vent… un dangereux ennemi susceptible de faire jouer le portail ou de déstabiliser leur attelage. L'une des silhouettes laissa échapper son extrémité, fourbue par le chemin qu'elle avait dû faire ainsi chargée. Le bout du rouleau échoua contre l'un des vantaux du portail, qui émit un bruit métallique. Les deux mystérieux fantômes se cachèrent précipitamment derrière chacun des piliers du portail, et attendirent quelques instants. Rien ne bougeait dans la demeure. Pas une lumière. La maisonnée dormait à poings fermés, manifestement.

Un nouveau signe de tête entendu. Ils quittèrent leur cachette respective et regagnèrent, au pas, leur calèche. Un vent puissant allant du quartier à la maison manqua de les faire tomber. Quelques secondes après, deux énormes chiens beaucerons accoururent en aboyant pour signaler une présence. Les deux visiteurs hâtèrent le pas, montèrent dans la calèche qui démarra en trombe et se perdit dans la pénombre.

Une lumière dans l'habitation, puis deux : la servante et la maîtresse de maison franchirent ensemble la porte d'entrée, traversèrent la cour, puis, distinguant une forme au pied du portail, ouvrirent un des vantaux. Tandis que la bonne tenait la lanterne, le bras levé, sa maîtresse déroula ce qui ressemblait à un tapis de piètre manufacture. C'est un corps dénudé, émasculé, qui gisait désormais à leur pied.

Le corps du maître de maison.

Un cri glaçant déchira la nuit.

CHAPITRE 10 – LE JUGEMENT DERNIER

L'orchestre poursuivit sur le mouvement intitulé "Lacrimosa", une partie qui avait trouvé, dans le cœur de Diane, une résonance telle qu'elle l'avait étudié et le connaissait par cœur, l'écoutant inlassablement sur son gramophone, chaque soir, en faisant sa prière, un rituel dont elle n'avait jamais dérogé depuis le décès de sa tante Eléonore, cinq ans auparavant. Diane avait été jusqu'à exiger que le mouvement soit chanté pendant les obsèques religieuses de la défunte, une femme en marge de la famille, qui l'avait indéfectiblement soutenue dans ses choix et apaisée dans ses révoltes, une femme avec laquelle elle avait goûté une très grande proximité.

Les cordes débutèrent *piano* sur un rythme de bercement, entrecoupé de soupirs, repris par le chœur. Les sopranos commencèrent à progresser en croches décousues puis *legato* et chromatique en un puissant crescendo.

Lacrimosa dies illa
Jour de larmes que ce jour,
Qua resurget ex favilla
Qui verra renaître de ses cendres
Judicandus homo reis.
L'homme, ce coupable en jugement.

Le marquis, assis sur son fauteuil, fixait le chœur avec une attention particulière. Secoué de légers tremblements que seule sa main gauche agrippant sa canne trahissait, il affichait une attitude sereine, comme si rien de son malaise récent ne devait entacher ce moment de grâce qu'il goûtait aussi religieusement que sa fille, happée par la magnificence et la solennité du chant.

Le chœur reprit *piano* sa prière, semblant supplier la divinité d'accorder sa miséricorde.

> *Huic ergo parce, Deus,*
>   Épargnez-le donc, mon Dieu !
> *Pie Jesu Domine,*
>   Seigneur, bon Jésus,
> *Dona eis requiem*
>   Donnez-lui le repos éternel

Le marquis tressaillit légèrement, avançant son buste comme s'il avait voulu se lever et chanter à l'unisson du chœur, avant de se rasseoir paisiblement au fond de son confortable fauteuil de velours rouge. Sa main auparavant crispée sur la canne se détendit, demeurant simplement posée sur le pommeau.

Diane regarda son père, apparemment soulagée de percevoir un mieux-être. Elle le fixa plus attentivement. Les yeux du patriarche étaient grands ouverts, immobiles, la bouche entrouverte comme s'il allait chanter les derniers accords du mouvement. Elle resta figée, interdite. Plus aucun mouvement n'animait la poitrine du vieil homme. Son père l'avait quittée, pour toujours, tandis que le chœur achevait le mouvement en un interminable « Amen ».

DEUXIÈME PARTIE

CHAPITRE 11 – FAUX SEMBLANTS

Les mains serrées autour de la tasse en porcelaine pour mieux les réchauffer avant de s'exposer au froid, Diane demeurait debout, appuyée sur le chambranle de la porte-fenêtre, et contemplait le paisible paysage qui entourait le château. Une fine pellicule blanche couvrait les pelouses, tandis que les lueurs matinales donnaient aux deux lacs du domaine des reflets scintillants. Au milieu des ondes, les canards prenaient leur premier bain de la journée. Une scène qu'elle avait déjà admirée tant de fois, mais qui n'avait plus, aujourd'hui, les mêmes accents de bonheur. Rien ne la ferait pour autant déroger à son rituel quotidien : une balade à cheval, suivie d'un peu de travail des allures et à l'obstacle, avant de s'occuper des industries de son époux et de son père défunt.

La cloche de l'entrée retentit. Elle entendit Jeanne, la servante, se diriger calmement vers la porte d'entrée, échanger quelques mots avec une voix masculine, avant de frapper à la porte du salon.

— Madame, Monsieur Armand Fayet de Terssac vient vous adresser ses hommages.

— Faites entrer, Jeanne.

Armand passa le seuil du salon, puis s'arrêta et regarda Diane en silence, tandis que la servante, après une courte révérence, s'éloigna à l'autre bout de la pièce, conformément aux ordres reçus. Les grands yeux bruns du jeune homme scrutaient le regard de cette femme qui avait si étonnamment recouvré toute sa détermination. Ce n'était plus la femme désemparée qu'il avait furtivement aperçue aux funérailles de son père, et à laquelle il avait adressé, comme tant d'autres, ses condoléances. Elle avait manifestement repris du poil de la bête. Un peu plus mince qu'auparavant, cependant, mais sa tenue équestre lui seyait mieux, désormais.

— Bonjour Diane. Je constate que vous avez repris vos bonnes habitudes, fit remarquer Armand, un sourire au coin des lèvres, pour engager plus facilement la discussion. Comment vous sentez vous ?

— Bonjour Armand. Je relève la tête, oui. Il faut dire que l'arrivée prochaine du printemps et le retour avant l'heure du soleil m'aident considérablement en ce sens.

— Vous comptez reprendre les concours de saut d'obstacle, au printemps ?

— Je m'y prépare, en tous les cas, mais je ne pourrais pas m'y consacrer de façon aussi intensive qu'auparavant. Il s'agit de reprendre intégralement en main les affaires de mon père en plus de celles laissées par mon époux. Donner à leurs industries un nouveau souffle. Les membres du conseil d'administration respectaient et suivaient mes décisions tant que mon père était en vie… reste à savoir s'ils n'auront pas changé d'attitude à présent.

— Pourquoi changeraient-ils d'attitude ? Vous avez toujours mené les affaires de main de maître jusqu'ici, et vos entreprises étaient couronnées de succès. Pourquoi une poignée d'hommes remettrait-elle en cause une politique qui a jusqu'ici toujours été dans le sens de leurs intérêts ?

— Vous l'avez dit vous-même, Armand : "une poignée d'hommes". Or, vous le savez pertinemment, ce monde-là n'est pas encore un monde de femmes, et le temps où les hommes accepteront d'être commandés par elles est encore bien loin. Ma politique a toujours été de faire en sorte que les intérêts de nos industries, de leurs actionnaires soient honorés. Mais il se pourrait qu'ils ne soient plus en accord avec cette volonté de concilier, dans le même temps, les conditions d'emploi et la valorisation salariale, comme mon père et mon époux en leur temps y avaient tenu, et que j'avais maintenue en reprenant le flambeau. Vous connaissez cette triste habitude de l'être humain de vouloir toujours plus, mieux, quitte à déséquilibrer voire provoquer la déchéance d'un système productif, par simple cupidité ou vanité personnelle. Qui me dit que leurs ambitions et leur soif de gain ne vont pas prendre le pas sur leur bon sens ?

— L'avenir vous le dira, Diane. Je souhaite pour vous que les choses aillent aussi facilement qu'elles l'ont été jusqu'ici.

— Je vous remercie, Armand. Que me vaut le plaisir de votre visite ?

Armand sourit.

— Je vais aller droit au but. Vous n'êtes pas sans savoir les projets que nos parents respectifs avaient élaborés quant à une union entre nos deux familles.

— Mon père m'en avait parlé, en effet.

— Je souhaite connaître votre sentiment sur le sujet.

Diane lui rendit son sourire, baissa la tête, puis, les deux mains toujours rivées sur la tasse de thé, elle se dirigea à nouveau vers la porte-fenêtre qui donnait sur le jardin.

— J'ai déjà été mariée, Armand, vous le savez. Et, comme vous le voyez, depuis trois ans je porte toujours mes couleurs de deuil.

— Vous aimiez donc votre époux à ce point ?

Diane leva la tête, se pinça les lèvres, réfléchit quelques instants.

— Sans véritable passion en vérité, mais j'aimais l'épauler, et je le faisais avec beaucoup d'affection.

— Je vois. Et, désormais ?

— Je suis très occupée, vous le savez, avec les affaires de mon père que je dois reprendre, avec le parti politique que j'ai créé et que je dirige.

— Un parti féministe et la direction des affaires, est-ce bien compatible ?

— Cela n'a jamais posé de problème jusqu'ici. Et, par ailleurs, la France a de gros progrès à faire concernant les droits des femmes. Nous militons pour le droit de vote féminin, mais pas uniquement. De gros progrès restent à accomplir, sur de nombreux plans.

— Mais pourquoi diable cela vous tient-il tant à cœur ?

Diane se pinça les lèvres à nouveau, adressa un sourire forcé à Armand.

— J'ai mes raisons.

— Soit. C'est votre choix, conclut Armand.

"Grands dieux, pensa-t-il, serait-il possible qu'elle ne veuille pas non plus de ce mariage et qu'elle soit sur le point de me l'avouer ?". Il reprit son discours.

— J'imagine que vous allez être bien occupée, prochainement.

— Bien occupée, en effet. Et, pour tout vous avouer j'ai appris à apprécier ma solitude. C'est parfois difficile, mais au moins je suis libre et n'ai pas besoin de me forcer à aimer physiquement quelqu'un qui ne m'attire nullement.

— Totalement. Dois-je en conclure que…

— Que je n'ai aucune envie de voir ma vie aliénée à celle d'un homme, en effet…

Armand réprima un soupir de soulagement. Il s'efforça de garder son sérieux et de garder pour lui la libération immense que cette dernière annonce venait de provoquer et s'avança vers Diane.

— Je crois que nous sommes tous deux des êtres suffisamment responsables pour faire nos choix et résister à ce que l'on veut nous imposer.

Diane tourna lentement la tête vers Armand, haussa les sourcils, et le regarda fixement.

— Vous ne m'avez pas laissé terminer ma phrase, Armand. Je n'ai aucune envie de me marier, il est vrai, et de surcroît avec un homme qui mène une vie aussi légère que celle que vous menez. Quoi qu'il en soit je me plierai, comme je le lui avais promis avant sa mort, aux dernières volontés de mon père, qui consistent, en premier lieu, à accepter d'épouser l'homme qui m'a été désigné.

Cette volte-face plongea le jeune comte dans une profonde stupeur. Il demeura immobile quelques instants, et se reprit.

— Passons sur ma vie dissolue, je ne peux vous en vouloir de me la reprocher. Mais Diane, ne croyez-vous pas qu'à l'âge que nous avons atteint, nous avons gagné le droit de résister aux quatre volontés de nos parents, de diriger notre vie comme nous l'entendons ? Vous avez eu en premières noces un homme au physique ingrat, comptez-vous véritablement prolonger cette torture que représente le devoir conjugal et vous sentir même encore plus seule en ma présence ? N'avez-vous pas gagné votre liberté après votre deuil ?

Diane fit quelques pas, puis se rapprocha d'Armand jusqu'à lui faire entièrement face, fixa ses yeux et lui rétorqua calmement :

— Armand Fayet de Terssac, loin de vous contenter d'être futile, vous êtes l'un des plus grands hypocrites que ce monde n'ait jamais produits, et, chose insultante, vous me prenez pour une imbécile : ce qui vous inquiète n'est pas la « torture » que je devrais endurer, ni la perte d'une liberté qu'en effet je chéris. Non. Ce qui vous inquiète, c'est de perdre VOTRE liberté, et de devoir passer au-delà de votre aversion pour moi. Vous pensiez trouver en ma personne une alliée qui se dresserait avec vous contre le reste de nos deux familles. Si vous ne voulez pas de ce mariage, libre à vous de vous y opposer ou de vous y soustraire, mais ne comptez sur moi ni pour vous servir d'alibi, ni pour œuvrer à l'encontre de l'entente de nos deux maisons, ni pour trahir une parole que j'ai donnée à mon père et que je tiendrai, quoi qu'il m'en coûte. Pour clore le tout, je suis d'autant plus décidée à honorer ma promesse que j'ai au moins la certitude que la légèreté avec laquelle vous conduisez votre vie me laissera les mains libres pour mener mes affaires, et que je ne serais pas confinée au simple rôle d'une épouse-garde d'enfants. À présent, vous voudrez bien prendre congé, car une dure et longue journée m'attend. Je ne vous raccompagne pas, vous connaissez le chemin.

Mortifié et hors de lui, Armand quitta sans mot dire la demeure de Diane.

CHAPITRE 12 – UNE NOUVELLE POLICE

Mai 1907.

Célestin Hennion attendait, placide, dans le couloir, quand la porte de l'immense bureau s'ouvrit, laissant apparaître un homme à la silhouette ronde et aux moustaches fournies. Tout en lui était générosité, malgré sa fermeté désormais légendaire.

— À nous deux, Célestin ! Entrez et prenez place.

Hennion s'assit à son aise sur l'un des fauteuils sculptés qui faisaient face à celui du Tigre.

— Où en sommes-nous ? demanda Georges Clémenceau.

— Nous avançons, Monsieur le Président. Nous avançons lentement, mais sûrement.

— Lentement ? rétorqua Clémenceau… Le temps presse, Célestin. Hâtez-vous, mon ami…

— Je suis parfaitement conscient de l'urgence de la situation, Monsieur. Mais pour bien faire, il m'a fallu affiner mes critères de sélection.

— Précisez ?

— Le succès des investigations dépend, en partie, de l'organisation des filatures et du choix des agents chargés de les mener. Il importait qu'ils ne soient pas facilement repérables. Nous avons donc fixé la limite à un mètre soixante-dix. De plus, il nous fallait des agents mobiles géographiquement, c'est pourquoi nous avons recruté, en majorité, des inspecteurs de chemins de fer, ce qui n'exclut pas, bien entendu, l'emploi d'agents extérieurs.

— Et… au final ?

— Pour le moment nous avons douze brigades mobiles. Chacune d'elles est dirigée par un commissaire divisionnaire, assisté de trois commissaires de police et commandant quinze à vingt inspecteurs. Ceux-ci effectuent leur travail vingt-quatre heures sur vingt-quatre en se relayant par groupes de cinq, ce qui nous garantit un service continu. L'effectif, pour le moment, s'élève donc à 168 policiers, dont 120 inspecteurs. L'ensemble est dirigé par Jules Sébille, que vous avez bien voulu nommer commissaire chargé du Contrôle général des services de recherches dans les départements en mars dernier. Un homme très organisé.

Clémenceau soupira, et leva légèrement ses sourcils.

— Nous sommes encore bien loin des cinq cents que vous aviez prévus…

— Le plus long était de définir les critères de sélection et de constituer les équipes de recrutement. Maintenant que la machine commence à être bien huilée, nous irons beaucoup plus vite pour étoffer nos équipes.

— Comment fonctionnent-elles ?

— Les inspecteurs se déplacent le plus souvent en train, dont ils maîtrisent parfaitement les réseaux, et à bicyclette, en raison de leur discrétion. Nous avons aussi quatre automobiles De Dion-Bouton, mais il nous faudra développer le parking automobile, ou choisir un autre constructeur comme partenaire, car celles dont nous disposons tombent souvent en panne, malheureusement.

— Bien. Cela prend forme, au moins. J'insiste sur le fait que vos équipes soient opérationnelles très rapidement : nous avons bien entendu les affaires criminelles à résoudre, mais je compte aussi sur vos hommes pour mettre un peu d'ordre en France. Ce pays a trop été secoué par les mouvements sociaux. 1906 fut une catastrophe en la matière, et 1907 semble s'inscrire dans la continuité. Les électriciens se sont arrogé le droit de plonger Paris dans le noir. La fonction publique revendique un droit de grève. Un droit de grève, pensez donc ! Inimaginable ! Et, pour couronner le tout, la crise viticole. Il devient impératif de réserver une partie de vos hommes aux objectifs de répression des petites révolutions du prolétariat, sous peine de voir ce pays devenir un véritable champ de bataille et les anarchistes imposer leur dictât. Les Travailleurs de la Nuit, les révolutionnaires, je veux leur réserver le même sort que celui de Marius Jacob : à Cayenne. C'en est terminé de mon alliance avec les socialistes radicaux. Désormais je veux de l'ordre !

Hennion ferma les yeux, puis les rouvrit, signe d'acquiescement.

— L'organisation de tous ces criminels et agitateurs est très structurée, fit remarquer Célestin Hennion.

— Raison supplémentaire pour avoir une police structurée, mon ami.

Hennion prit un air pensif, appuya son bras sur celui du fauteuil, et posa son visage sur sa main dont seuls le majeur et l'index, déployés, reposaient sur sa joue, comme il en avait coutume à chaque profonde réflexion. Bien qu'affectionnant plus que tout l'action et l'efficacité, Clémenceau le laissa achever sa réflexion. Mais il surprit très vite cette lueur bien connue qui trahissait dans les yeux de son vieux complice la construction d'un projet. Il osa reprendre le débat.

— Je déduis à votre air inspiré que vous nous préparez encore une brillante idée, Célestin ?

— Vous en jugerez par vous-même, reprit Hennion sans se départir de son impassibilité. Je me demandais si la création d'une Brigade de Renseignements Généraux ne serait pas opportune, afin de mieux identifier les réseaux d'anarchistes, de les suivre et de désorganiser leur action. Une brigade qui alimenterait des dossiers sur les agitateurs, travaillerait main dans la main avec les brigades du Tigre, et servirait également de trait d'union avec les polices étrangères.

Clémenceau ne sut réprimer un sourire que son épaisse moustache grise ne cachait qu'à peine.

— Célestin, vous êtes d'une créativité extraordinaire dès qu'il s'agit d'organiser les forces vives. Je vous fais totale confiance.

Vous avez carte blanche, faites-en votre âme et conscience, mais surtout tenez-moi régulièrement informé des progrès de vos projets, je vous prie.

Hennion acquiesça d'un simple hochement de tête, salua le Tigre, et prit congé, l'esprit déjà absorbé par le second entretien de sa journée, qui s'annonçait décisif.

CHAPITRE 13 – MYSTÈRES DE L'ESPRIT

Juin 1907. Bureau de Jules Sébille, commissaire chargé du contrôle général des services de recherches dans les départements.

Louis de la Mothe se tenait assis, face au chef des Brigades du Tigre. Comme chaque mois, il exposait les avancées obtenues sur les différentes enquêtes, la priorité étant donnée, en attendant que les effectifs soient optimaux, aux affaires pour lesquelles les victimes étaient nombreuses, pour un seul et même mode opératoire et à plus forte raison aux infractions criminelles. Jules Sébille était un homme posé, humain, généreux. Il était aisé de faire remonter les problèmes les plus épineux ou les déconvenues les plus cuisantes sans craindre une réaction explosive. La Mothe restait serein, malgré le contexte inquiétant.

— Monsieur, il est vrai que nous devons un grand nombre des agressions répertoriées aux bandes criminelles qui sévissent en milieu urbain, mais aussi dans les campagnes. La bande Pollet, les chauffeurs de la Drôme ont pu être confondus et certains de leurs membres arrêtés pour certains faits, grâce notamment au bertillonnage. Malheureusement, nous n'avons pas pu les accrocher sur des affaires dans lesquelles leurs empreintes n'apparaissent pas, et qui de toutes les façons sont éloignées de leur mode opératoire habituel. Par ailleurs, l'incarcération de certains d'entre eux les innocente de nombreux faits récents.

— Ils ont pu être perpétrés par des commandités…

— Certains oui, car nous pouvons effectivement lier certains faits de violences physiques à des intentions crapuleuses, qui étaient la marque de fabrique de Pollet ou des chauffeurs de la Drôme, mais d'autres se détachent complètement de ce mode opératoire, et ce sont ici des crimes bien particuliers et indépendants des atteintes aux biens.

— Pourriez-vous préciser ?

— Je parle ici en priorité de cette affaire concernant des cadavres d'hommes émasculés.

— Émasculés ? Dieu, cela fait froid dans le dos.

— Si l'on en croit le rapport des légistes qui ont procédé aux autopsies, les corps ont été dépossédés de leurs attributs masculins *ante mortem.* Le coup fatal n'a été porté au cœur que par la suite. La trajectoire de la lame est oblique. Elle pénètre le cœur par le bas, en passant sous le sternum, et remonte pour le transpercer de part en part. La victime n'a aucune chance de s'en sortir.

— Combien de victimes ?

— On en dénombre une trentaine.

— Une trentaine ? Mais c'est colossal ! La qualité des victimes ?

— Des repris de justice, connus pour des infractions sexuelles, des viols. Des gens issus des classes sociales défavorisées, délinquants récidivistes pour une bonne partie. Mais nous comptons également des hommes "de bonne famille", sans histoire, des bourgeois, pour les plus aisés. Pas d'aristocrates : ils ne semblent pas visés par ce qui apparaît comme une vindicte. En tous les cas, pas pour le moment.

— Vous qui êtes issu de la noblesse, comment expliquez-vous qu'elle soit épargnée ?

— Il y a des tordus et des pervers dans toutes les classes sociales, Monsieur : regardez le marquis de Sade, bien qu'il n'ait jamais été marquis, mais comte. Ceci dit, les tempéraments dominateurs naissent d'une frustration, sociale, relationnelle, ou que sais-je ? Notre milieu, de par son abondance en toutes choses agréables, est peut-être celui qui est le moins exposé aux frustrations. Une femme se laissera peut-être plus facilement séduire par un noble, tandis qu'elle se refusera à un bourgeois par exemple, ce que certains hommes ont du mal à accepter, de toutes les façons. Et puis, dans notre monde, bien qu'elle n'ait que rarement le choix de l'époux, la gent féminine et sa dignité sont respectées, de manière générale, quelle que soit l'origine sociale : on ne force pas une femme. Pour faire court : nos castratrices n'ont pas encore trouvé d'aristocrate à qui l'on puisse reprocher quoi que ce soit de ce qui semble être imputé à leurs suppliciés…

— J'entends bien. Quel lien entre les victimes ?

— Ils viennent tous de milieux très disparates. Leur seul point commun est d'être connus comme étant d'indécrottables crapules dans leur milieu, mais nous n'avons pu établir aucune relation entre eux. Ni commerciale, ni sociale, ni pénitentiaire, ni hiérarchique. Ce qui explique que nous avons fini par stagner dans nos recherches, pendant un temps…. Un véritable labyrinthe de fausses pistes et d'impasses.

— "Pendant un temps ?"

— Faute d'indices matériels éloquents, nous avons décidé de prendre contact avec un des praticiens de cette méthode élaborée par ce psychanalyste connu en Allemagne, un certain Sigmund Freud. Ce collaborateur a eu l'amabilité de prendre le temps de nous éclairer sur une compréhension possible de ces meurtres.

— Surprenant… mais pourquoi pas, après tout ? Et, quelle est la théorie de ce psychanalyste ?

— Je vous laisse seul juge, Monsieur. Pour tout vous avouer, j'ai toutes les peines du monde à adhérer à ces nouvelles méthodes, mais peut être aurez-vous un autre regard sur ce qui est écrit…

Louis de la Mothe tendit la lettre au commissaire Sébille.

"*Monsieur,*

Conformément aux éléments que vous avez bien voulu me communiquer concernant les victimes dont il est question, je soumets à votre appréciation quelques éléments d'évaluation de psychanalyse pouvant être une possible démarche de l'auteur. Ils n'ont aucune valeur empirique, bien entendu, et ne doivent être considérés, je le souligne, que comme des hypothèses. Vous me pardonnerez de m'être appuyé sur l'expérience acquise, en tant que psychanalyste, sur un nombre assez important de victimes d'une certaine catégorie de délits, aujourd'hui qualifiés "crimes" dans les législations de nos deux pays. Vous en comprendrez mieux la finalité en seconde partie de ma lettre.

Nous devons prendre en compte, dans votre affaire, la présence de deux symboliques, qui ne sauraient être isolées l'une de l'autre.

La première que j'aborderai ici est la symbolique de l'émasculation. Nous pourrions confiner notre analyse au désir de castration pure et simple de l'homme, en opposition – forte – au pouvoir qu'il détient dans notre société. Un pouvoir politique, économique, mais aussi une prédominance de l'homme *sur la femme au sein même de la famille, en tant que père quand il désigne un époux à sa fille, mais aussi un pouvoir qu'il exprime par sa primauté sur les revenus du couple et les décisions qu'il prend au quotidien, et sur l'avenir de la famille* et particulièrement sur son épouse. *Le libre arbitre, le droit d'expression laissé à la femme n'est que sommaire, voire totalement inexistant, selon les familles et la personnalité des époux. À cette privation la femme peut répondre de deux manières. Soit elle assume pleinement cette condition et s'y soumet jusqu'à la fin de sa vie, soit elle en conçoit quelque frustration, laquelle peut se renforcer au fil des ans et amener ce que nous autres appelons des comportements déviants,* c'est-à-dire *qui sortent de la norme imposée par notre contrat social et se traduisent en délits et en crimes.*

Comme je l'évoquais, nous pourrions arrêter là notre analyse, mais je vous propose d'envisager une approche plus approfondie, qui découle de la première développée ci-dessus. L'organe génital masculin, outre ses fonctions éliminatrices et liées au plaisir, est le symbole même de la domination physique et psychique de l'homme sur la femme. Une femme ayant nourri de fortes frustrations et une aversion profonde pour l'acte sexuel – soit qu'elle n'y trouve naturellement aucun plaisir, soit qu'elle y a été forcée – peut concevoir un dégoût suffisamment violent et irrépressible pour céder à la pulsion qui la mène à vouloir déposséder l'homme de cet organe, socle de sa puissance, ou dont il s'est servi pour l'exprimer.

Pour être plus concis, et étant donné que parmi les hommes victimes de ces faits sont également comptés des gens de moindre condition sociale, nous pouvons imaginer que les auteurs de ces crimes ont ici ciblé non pas uniquement le pouvoir de chaque violeur sur son entourage social, mais aussi la domination psychique qu'il a exercée ou voulu exercer sur ses victimes et par la même occasion, la négation du droit de la femme à se refuser à ses assiduités. Bien entendu, les victimes les mieux loties socialement ont dû profiter allègrement de leur position sociale ou hiérarchique pour parvenir à leurs fins, et c'est certainement pourquoi des bourgeois figurent parmi elles. En somme, ces hommes ont été punis en étant privés de ce qui leur a permis d'imposer leur domination générale sur la femme.

Nous arrivons par là-même à l'étude des conséquences du viol, et c'est là notre seconde thématique. L'intérêt porté aux répercussions de l'abus sexuel par les pouvoirs politiques et par mes confrères est encore aujourd'hui, dans nos deux pays, très relatif et très neuf. Dans nos législations respectives, d'ailleurs, si la relation sexuelle imposée est désormais qualifiée "crime" et non plus seulement "délit", seul le mari est considéré comme lésé.

Or, nos études comportementales et psychanalytiques nous ont-elles amené à constater l'apparition indéniable de troubles du comportement chez les victimes féminines. Ces troubles, dont l'intensité varie, peuvent se manifester de différentes sortes : sentiment constant d'insécurité en compagnie des hommes, rejet de l'époux et des relations sexuelles dictées par le devoir conjugal, angoisses, insomnies, refus de se nourrir, mutilations auto-administrées, consommations excessives d'alcool, consommation de substances illicites, notamment dérivées de l'opium (ces consommations ayant pour fonction d'anesthésier la douleur physique et psychique des patientes).

Ces comportements sont le fait de sujets non-dominants, et même le plus souvent dominés. Ceux-là sont inoffensifs pour autrui, mais dangereux pour eux-mêmes, leur culpabilité s'exprimant en violence autocentrée. Les sujets dominants, au contraire, auront une autre démarche, qui va de la simple violence sur autrui jusqu'au crime de sang, en passant par les mutilations. Un cheminement qui se construit de façon progressive : les violences dites « légères » dans un premier temps, puis, quand l'auteur prend de l'assurance, les actes vont crescendo, de la torture jusqu'au meurtre. Vous constaterez ainsi la pléthore de sentiments très divers, et, par voie de conséquences, de comportements déviants tout aussi nombreux et dangereux... et je n'ai évoqué ici que les plus courants. Or, si nous nous en tenons toujours à cette même logique de la symbolique, nous en revenons, à chaque fois, à l'organe symbolisant les sentiments : le cœur.

Ce qui nous conduit aux conclusions suivantes : le ou les auteurs des crimes dont il est ici question échappent aux profils du névrosé et du schizophrène. Loin d'être le fruit d'une pulsion soudaine, déstructurée et incontrôlée, l'acte est mûrement réfléchi, prémédité, pesé. L'absence de remord nous semble évidente : les symboles attaqués ici le sont pour que les autorités en aient connaissance, les corps étant ramenés quasi-systématiquement à leur domicile, quand les victimes en ont un. Nous avons donc toutes les raisons de penser que les auteurs de ces crimes correspondent à des profils atteints de psychopathologie. Autrement dit : des profils dangereux, dont on ne *peut prévoir les réactions, et capables des pires crimes au nom des causes les plus louables.*

Il apparaît de façon tout aussi limpide que les auteurs cherchent à atteindre un objectif, qui semble à la fois personnel, juridique et politique : se venger, faire pression sur les pouvoirs publics afin d'obtenir la reconnaissance du viol comme infraction lésant la femme et appeler une sanction beaucoup plus sévère.

Je forme le vœu de vous avoir apporté des éléments de réflexion éclairants, et vous assure de ma disponibilité entière pour d'autres demandes que vous auriez à formuler.

Avec mes sentiments les plus cordiaux.
Ernst Scheurer"

Jules Sébille hocha la tête plusieurs fois, relut la dernière partie de la lettre, et plongea sa main droite dans ses cheveux ondulés. Puis il se redressa, regarda La Mothe, poussa un soupir, avant de conclure.

— Mon cher La Mothe, je ne saurais que trop vous féliciter d'avoir eu l'initiative de ce contact avec notre ami Scheurer. Si vous-mêmes n'êtes pas convaincu par la démarche psychanalytique, comme vous l'avez bien deviné, j'ai une tout autre approche : la nature produit des êtres bien étrangement construits. Avez-vous entendu parler de ces sombres affaires du Vampire de Montparnasse ? Des cas échappant à toute logique du commun des mortels mais qui nous ont révélé l'existence de folies incompréhensibles. Celle du Vampire de Montparnasse m'avait marqué au-dessus de tout, et notamment en raison de ce détachement total, cette absence de remords.

— Je ne connais pas cette histoire, Monsieur, avoua La Mothe.

— Quoi de plus naturel, vous êtes encore bien jeune. Le Vampire de Montparnasse était un sergent de l'armée française, qui exhumait des corps de femmes fraîchement enterrées pour abuser d'elles, avant de mutiler leur corps et d'en extraire leurs intestins qu'il éparpillait autour de la sépulture de la défunte. Interpellé puis jugé, cet homme expliquait le plus simplement du monde que, timide et complexé, il n'osait aborder les femmes de leur vivant et qu'il avait par conséquent choisi d'assouvir ses pulsions sexuelles sur les corps de femmes jeunes qui venaient d'être inhumées. La perversité de son esprit était telle qu'il ne s'exposait que s'il avait la certitude de pouvoir mutiler les corps après les avoir violés. La seule perspective du viol ne lui suffisait guère.

— Glaçant ! Il a été condamné à mort, je suppose ?

— Non, mon jeune ami, et ce pour des raisons purement juridiques : le viol n'étant reconnu que s'il y a absence de consentement, ce qui est impossible à prouver dans le cas d'une victime préalablement décédée, il a simplement été condamné à un an de prison ferme pour les faits de violation de sépultures et dégradations des biens de l'état. Ceci dit, il s'est donné la mort après sa libération.

— Il avait du remord, donc ?

— Ne soyons pas naïfs, rétorqua Sébille avec un sourire bienveillant. Disons plutôt qu'il a compris qu'avec de tels "états de service", il ne trouverait pas sa place dans la société, et a abrégé ses errances. Revenons à nos moutons. Cette histoire d'émasculation m'inquiète, La Mothe. Et cette lettre également. Elles montrent toutes deux à quel point nous sommes éloignés de la compréhension et de la prévention de la pensée criminelle…

— Il y a de quoi. Tout cela indique que plus la gent féminine sera contrariée dans ses désirs de pleine maîtrise de son corps et de sa vie, d'expression de ses idées et besoins, plus nous aurons à craindre la répétition d'actions sanglantes si nous n'agissons pas pour reconnaître leurs droits. C'est en soi une sorte de chantage implicite…

— Exactement. Ce qui nous amène aux directives suivantes. Je veux que nos hommes soient mis en relation avec les services de renseignements qui sont en cours de création par Célestin Hennion, et qu'il leur soit demandé de surveiller les moindres faits et gestes ainsi que les revendications des groupements féministes de la région parisienne. Que nos brigades se rapprochent également des hirondelles de la Préfecture de Police de la Seine pour des échanges d'informations, qui pourraient s'avérer utiles. Le Préfet Lépine a donné son plein accord pour une coopération étroite entre la Préfecture et nos services. Ses hommes sont déjà prêts à recevoir nos demandes.

— Très bien. Autre chose, Monsieur ?

— Oui. Si vous avez des amis capables de nous épauler efficacement, vous avez carte blanche pour les recruter. En l'état actuel des choses, nous avons besoin de toutes les bonnes volontés.

Louis de la Mothe quitta son fauteuil, s'inclina légèrement pour saluer son supérieur. Il venait juste d'ouvrir la porte de la pièce quand Jules Sébille le rappela.

— La Mothe, je ne vous ai pas demandé. Comment vont vos parents ?

— Malheureusement, Monsieur, leur état ne s'arrange guère. Je crains le pire pour eux, prochainement.

— Les médecins sont-ils au moins au courant de l'existence de cette épidémie ?

— À leur sens, le nombre de cas est trop faible pour parler d'épidémie.

— Affligeant. Combien diable leur faut-il de patients souffrant des mêmes symptômes pour prendre les mesures qui s'imposent ?

La Mothe haussa tristement les épaules.

— Faites-leur mes amitiés, surtout.

— Je n'y manquerai pas, Monsieur.

Il s'inclina de nouveau, et, après avoir fermé la porte avec grande précaution, regagna son bureau.

CHAPITRE 14 – LES BRIGADES DU TIGRE ET L'HIRONDELLE

Ils étaient quinze hommes. Quinze valeureux habillés en complet exempt du moindre pli, le cheveu et la moustache impeccablement lissés, le regard décidé et le chapeau près des yeux, comme s'ils avaient voulu souligner encore davantage leur détermination. Ils attendaient, immobiles et debout, les bras croisés devant leur torse ou les pouces accrochés aux poches de leur veston, que le commissaire divisionnaire Joseph Olivier leur expose les nouvelles directives. La Mothe se tenait à ses côtés.

D'un regard enveloppant son assemblée, Olivier imposa le silence et prit la parole.

— Messieurs bonjour. Bienvenue à tous dans la brigade mobile de la Seine. Je vous ai réunis ici pour plusieurs raisons. Vous n'êtes pas sans connaître le caractère sensible des affaires qui nous sont confiées. Étant donné le peu de moyens humains et matériels dont nous disposons encore, et compte tenu également des exigences de discrétion, de polyvalence et d'adaptabilité dont nous devons faire preuve pendant nos investigations, nous devons diversifier au maximum nos moyens de transport. Je tiens à vous prévenir du fait que les journées qui vont suivre vont être intenses et denses, physiquement parlant. Vous allez être amenés à parcourir des kilomètres à vélo, en tenue civile, bien entendu, et par petits groupes, mais aussi à monter à cheval, à vous exercer au tir et à la conduite automobile. Si d'aventure un ou plusieurs d'entre vous ne se sentent pas assez de ventre pour assumer l'une ou l'autre de ces compétences, je l'invite à se manifester. Il sera reclassé dans des tâches administratives, sans qu'aucun grief ne lui soit tenu. Nous lui trouverons un remplaçant. Mieux vaut vous déclarer au plus tôt, nous gagnerons tous du temps.

Olivier parcourut la brigade du regard. En l'absence d'objection, il poursuivit.

— Je vous félicite pour votre engagement et votre courage. Avant de commencer les entraînements, je vous expose la finalité et l'urgence de la situation. Nous venons de recevoir un courrier, dont la teneur se rapporte à l'affaire des cadavres castrés. Cette lettre est anonyme. Je vous en donne lecture.

Il mit son poing devant sa bouche et toussa pour s'éclaircir la voix.

"Cher commissaire,

Ne cherchez pas davantage de points communs entre tous vos castrats : il n'y en a guère, la seule chose les reliant étant leur goût pour la domination et les relations sexuelles imposées par la force ou le chantage.

Si, comme je le pense, vous avez à cœur de mettre la main sur les responsables, je vous invite à vous intéresser à un groupe occulte qui "officie", à chaque pleine lune, dans une cabane abandonnée au fin fond de la forêt de Fontainebleau. Un plan vous est fourni en seconde page. Cet endroit est choisi en raison de son isolement, personne ne pouvant alors entendre les cris de ces hommes au moment de leur "opération".

Un conseil : prévoyez du monde, les personnes se livrant à ces activités sont au moins au nombre de dix : six restant autour des "victimes" et quatre pour faire le guet et donner l'alerte.

Je vous souhaite bien du courage.

Signé : l'Hirondelle".

Olivier guetta les réactions…. Les inspecteurs semblaient partagés entre l'incrédulité et l'excitation. "Ils sont mûrs pour passer à l'action, allons-en au fait", pensa-t-il.

— Vous connaissez comme moi la forêt de Fontainebleau : immensité entourée de petites routes carrossables, mais au dedans, un chaos total ne permettant ni l'intrusion de voitures, ni celle de vélos. Nous devons alors prévoir des chevaux, dont nous manquons cruellement. Y a-t-il dans l'assemblée quelqu'un qui saurait comment renflouer les rangs de nos partenaires équins ?

L'un d'eux leva le bras mais attendit que le divisionnaire l'invite à se présenter.

— Je vous remercie, Monsieur. Monsieur ?

L'inconnu se redressa.

— Armand Fayet de Terssac, Monsieur le divisionnaire. Je possède un haras dont je suis le seul dirigeant, et puis mettre mes chevaux à votre disposition.

"Eh bien, il suffisait donc de demander", se réjouit Olivier. *"Encore un noble dans nos équipes, tiens, d'ici peu nous serons envahis."*

— Je vous remercie, Monsieur… Fayet de Terssac. Vous ne m'en voudrez pas de vous appeler "Fayet" ? Nous irons plus vite. Combien de chevaux seriez-vous prêt à nous prêter ?

— Une vingtaine pourrait être opérationnelle. Sans délai. Des chevaux dociles, performants, endurants.

— Et votre haras se trouve ?

— A Bois-le-Roi. Non loin de Fontainebleau.

— Ce qui arrange considérablement nos affaires. Nous verrons un peu plus tard pour organiser cela. Cependant, Messieurs, le temps presse : il ne nous reste plus que dix jours avant la prochaine pleine lune. Je laisse à Monsieur de La Mothe le soin de vous répartir en groupes et d'organiser votre entraînement aux diverses activités. Bonne journée à vous, et surtout bon courage.

Les inspecteurs Chassard et Dubois scrutèrent Armand avec un mélange de méfiance et de moquerie. Le nouveau venu ne paraissait pas bien à l'aise dans un complet qu'il n'avait pas coutume de porter, et sa moustache, trop finement taillée, trahissait ses origines sociales et ses habitudes de dandy. Une proie idéale pour les chauffeurs de la Drôme, qui n'hésiteraient pas à lui rôtir les pieds pour se faire délivrer les clefs de sa fortune. Fort heureusement, la brigade mobile ne se trouvait pas dans le sud de la France. « Fayet de Terssac ». Un aristocrate dans leur brigade. Que diable faisait-il parmi eux ? Chassard joua du coude, bousculant discrètement Dubois.

— S'il est sérieux dans sa proposition pour les bourricots, il va mériter son surnom, notre nouveau collègue.

Dubois sourit.

— Je pense qu'il l'est. Ou sinon il est stupide, mais je ne le pense pas. Un noble dans les brigades du Tigre. Du jamais vu ! Et non pas commissaire, comme La Mothe, mais simple inspecteur ! Qui imagine l'illustre La Fayette dans les rangs des plus humbles soldats ? Un non-sens !

— Je lui trouve plutôt bonne mine, à notre "héros des deux mondes" ! Sois ravi, tout le monde n'a pas ce privilège, mon brave Dubois. Surtout toi, avec ton patronyme passe-partout !

Oui mais l'avantage du mien c'est que je peux me fondre dans la foule, tant il y en a… Quand on s'appelle Chassard, c'est déjà plus compliqué de passer inaperçu. Alors "Fayet de Terssac", n'en parlons pas : autant se balader avec une cible sur le dos !

Ils riaient de bon cœur quand La Mothe les appela pour répartir les inspecteurs dans les différents groupes. Chassard, Dubois, et Armand étaient dans le dernier groupe, en compagnie de Lenormand et Rosier. Leur entraînement commencerait par les bicyclettes, tandis que les deux autres groupes s'exerceraient au tir et à la conduite.

Chaque groupe visiterait à tour de rôle chaque atelier dans la journée. Le lendemain serait consacré à l'équitation et les jours restants seraient divisés entre ces quatre activités. Pour plus de commodité, les quatre ateliers seraient regroupés dans le domaine du haras d'Armand. Un stand de tir serait installé à une distance suffisante pour permettre aux recrues de s'exercer en sécurité, sans effrayer les chevaux mais dans une relative proximité pour mieux les habituer au son des coups de feu.

Les deux compères ne purent retenir leurs rires quand ils virent Armand s'initier aux joies du deux roues, sans avoir pris le temps de prendre le moindre conseil pour tenir en équilibre. Il en fut quitte pour quelques chutes jusqu'à ce que Lenormand et Rosier prennent la peine de lui expliquer les mystères de l'équilibre d'un deux roues en mouvement. Une fois ces quelques notions acquises, il apprivoisa rapidement son équilibre et devint même un excellent cycliste.

— Pas trop dure, la journée, Fayet ? railla Chassard.

— Je suis plus habitué aux quatre pattes qu'aux deux roues, je dois l'avouer, dit-il avec un clin d'œil, avant de s'éloigner en direction du stand de tir.

— Le moins que l'on puisse dire, chuchota Chassard à Dubois, c'est qu'au moins il ne manque pas d'humour. Un bon point…

— Oui, un bon point pour La Fayette !

Le tir fut une occasion supplémentaire pour Armand de remonter dans l'estime de ses coéquipiers. S'il avait davantage l'habitude des pistolets anciens à un coup, il se réjouit de découvrir enfin le maniement des revolvers, qui garantissaient une meilleure sécurité et une riposte plus rapide et efficace, tandis que les bases de tir qu'il possédait déjà lui valurent de se distinguer parmi les fins tireurs. De même pour la conduite automobile, qu'il découvrait totalement. Bien que l'objectif soit sérieux, apprendre était pour lui un jeu qu'il assumait avec un réel plaisir, et, en véritable "éponge", il intégrait immédiatement les disciplines qui lui étaient inculquées.

Le lendemain, réservé à l'acclimatation des policiers avec les chevaux du haras, fut sa journée de consécration. En professionnel équestre, il avait pris la main sur l'initiation et le perfectionnement de ses coéquipiers, leur dispensant avec une pédagogie incontestée les rudiments de la communication avec un cheval, les aides aux changements d'allures, les notions de sécurité, et les astuces visant à une plus grande maîtrise de leur monture.

Lenormand fut le moins chanceux et son initiation manqua de tourner au drame. Non que sa monture fût moins docile que les autres, mais, par cette lourde journée d'été, les taons étaient de sortie, et l'un d'eux avait piqué sa jument sur la cuisse gauche, provoquant l'affolement de l'animal et son départ au triple galop autour du lac de Bois-le-Roi. Se trouvant heureusement lui aussi sur son cheval, Armand partit à sa poursuite et, arrivant à sa hauteur, se saisit des rennes pour l'aider à stopper la jument. À leur retour parmi l'assemblée, Armand expliqua à tous comment maîtriser un cheval qui s'emballait.

— Gardez à l'esprit qu'un cheval, quels que soient sa taille et son développement musculaire, aura toujours plus de force dans son encolure que vous dans vos deux bras réunis, même si vous êtes très musclés. Il est donc totalement inutile de tirer sur les rennes, car votre cheval s'appuiera sur le mors. La seule action qui puisse être efficace est de vous servir de vos rennes à bon escient, en écartant l'une ou l'autre dans un geste clair, afin de le contraindre à tourner la tête et former un cercle que vous réduirez peu à peu. Il sera ainsi obligé de ralentir sa cadence pour ne pas tomber et vous en profiterez alors pour revenir à l'allure que vous souhaitez. Il n'y a que cette façon pour le faire revenir aux ordres. Nous allons effectuer, dans l'enclos et à tour de rôle, quelques voltes en réduisant le cercle à chaque tour, pour nous exercer. Allons-y, messieurs.

Cet épisode, convaincant même ses détracteurs de la première heure, acheva d'intégrer Armand dans les futures brigades du Tigre, et lui valut la reconnaissance des commissaires.

Les soirées furent consacrées à la détente, aux échanges d'opinions sur les nouveaux événements qui venaient d'arriver au service. Quel était ce corbeau qui se faisait appeler "l'Hirondelle" ? Comment cette personne pouvait-elle être au courant des motivations et des agissements de ce groupe occulte dont il était question dans la lettre adressée au divisionnaire Olivier ? Dans quel intérêt les révélait-elle ? Près du feu de camp, un verre de vin à la main, les extrapolations allaient bon train.

— Pensez-vous que "l'hirondelle" soit une femme ? demanda Armand.

— Une femme ? Assurément non, l'ami. Tu ne sais donc pas ce qu'est une Hirondelle ?

— Je l'ignore totalement.

— C'est un policier à bicyclette. Lépine les a mis en place dès ses débuts à la Préfecture de Police. On les appelle ainsi à cause de leur cape qui vole au vent quand ils se déplacent à vélo. Des moustachus ailés, si tu préfères, conclut Chassard.

— Ils sont comme des fantômes, la nuit. Invisibles dans le noir tant leur uniforme est sombre, poursuivit Dubois. Sombre au-dessus, mais avec le ventre blanc.

— Et comment une hirondelle de Préfecture pourrait-elle être au courant de ce qui se trame ? objecta Armand. Un autre point me chagrine : si notre corbeau est un policier, n'aurait-il pas mieux fait d'aviser directement sa hiérarchie ?

— Qu'en penses-tu, justement ? demanda Chassard.

— S'il ne l'a pas fait, observa Armand, c'est que les choses sont plus complexes qu'on ne le penserait… Notre corbeau est peut-être pris au piège. On ne fait pas toujours ce que l'on voudrait ou devrait, dans la vie… pour des raisons difficilement compréhensibles par celui qui voit les choses de l'extérieur…

— On sent le vécu, fit remarquer Lenormand.

Ils continuèrent d'échanger leurs hypothèses pendant quelques minutes puis se décidèrent à aller se coucher et s'enfoncèrent bientôt dans un sommeil réparateur. Les journées qui suivaient seraient certainement très chargées.

CHAPITRE 15 – LE CAVALIER NOIR

— Fayet, vous prenez avec vous les quatre meilleurs cavaliers et vous allez reconnaître le terrain.

Armand avait acquiescé sans la moindre objection à cet ordre qui émanait du divisionnaire, et qui était le signe gratifiant d'une reconnaissance de ses capacités d'enquêteur, de cavalier et, par la même occasion, de chef d'équipe. Une nouvelle journée de perfectionnement au tir et aux conduites diverses s'achevant, il avait désigné Chassard et Dubois, ainsi que Rosier et Lenormand pour l'épauler pendant la reconnaissance du terrain entourant la fameuse cabane où devrait se dérouler la cérémonie noire.

La forêt de Fontainebleau était dense, parfois accidentée, certains arbres ayant été arrachés par les tempêtes hivernales et printanières. Elle était aussi parsemée de rochers et son sol était très irrégulier. Il fallait non seulement bien connaître le terrain et ses surprises, mais aussi les chemins créés pour les promeneurs, qu'ils soient à pied ou à cheval, ou pour les charrettes venant chercher le bois. Sans doute les chemins menant à la cabane seraient-ils utilisés par les criminels, pour s'y rendre et pour s'enfuir. Mieux valait reconnaître toutes les voies, toutes les issues possibles.

L'heure était propice à la visite. Le jour commençait à décliner, et un quartier de la lune, suffisamment mince pour ne pas les trahir, mais suffisamment important pour les éclairer quand la nuit serait totale, soulignait déjà des couleurs chatoyantes du ciel. Armand et ses quatre compagnons avaient revêtu des tenues de cavaliers de couleurs neutres, susceptibles de les faire passer pour de simples promeneurs. Les chevaux avaient été bandés afin de cacher les poils blancs du bas de leurs membres. Ceux portant les robes alezanes et bai avaient été privilégiés, pour un meilleur camouflage en pleine forêt.

Ils s'avancèrent, les uns après les autres, à travers bois, en longeant le chemin carrossable qui passait à proximité de l'endroit où la cabane était censée se trouver. D'après les indications que "l'hirondelle" avait données dans son plan, elle devait se trouver environ à deux cents mètres. A terre, des traces de fers à cheval, certaines relativement fraîches, d'autres plus anciennes. Ces traces déjà présentes étaient une excellente couverture, et ne feraient que rendre leur présence plus naturelle encore, puisque de toute évidence c'était un parcours régulièrement visité.

Derrière eux, les cavaliers entendirent un craquement de branches, puis deux ou trois aboiements d'un son bien particulier. Ce ne pouvait être un chien. Ils se retournèrent. Un chevreuil les fixait, immobile mais sans trahir la moindre peur. Il semblait surtout surpris de les trouver sur son territoire. Il "aboya" encore une fois, avançant tout en décomposant chaque pas et levant exagérément ses antérieurs, puis repris sa route en sautillant à travers les fougères.

L'équipe poursuivit sa progression. Les cavaliers aperçurent soudain, sur leur gauche, trois masses volumineuses, accompagnées d'une autre, encore plus importante, mais relativement isolée par rapport au groupe. Ils tournèrent la tête en direction de ces silhouettes. Une biche et ses deux faons, occupés à se repaître, ainsi qu'un cerf, portant bien haut son encolure et ses bois, apercevant les promeneurs, se figèrent quelques instants avant de partir au galop dans le sens opposé. Le son cuivré d'un cor retentit peu de temps après.

— Une chasse à courre, à cette heure-ci ? demanda Lenormand.

Armand répondit par la négative.

— Certainement pas : ce son prolongé n'a rien à voir avec les sonneries propres à la vénerie.

Ils entendirent un halètement rauque, d'abord faible puis de plus en plus intense, accompagné d'un bruit de galop si lourd qu'ils sentirent le sol vibrer. Ils regardèrent autour d'eux. À une trentaine de mètres, une silhouette massive fonçait dans leur direction. Un sanglier les chargeait.

— On se sépare en deux groupes et on sort de sa trajectoire ! cria Armand.

Armand et Rosier firent partir leur cheval au galop et partirent du côté droit, tandis que Chassard, Lenormand et Dubois, allèrent du côté gauche, espérant que le sanglier n'exécuterait pas un virage en épingle à cheveux pour les suivre. Alors qu'il poursuivait son esquive, Armand aperçut une autre silhouette, à une cinquantaine de mètres. Celle d'un autre cavalier, habillé tout de noir, sur un cheval d'allure sportive, quoi qu'assez massive, la crinière ondulée et démesurément longue. Un fantôme, un mirage noir. Armand entreprit de s'approcher de la silhouette, suivi de Rosier.

De l'autre côté, Lenormand réussit à éviter la charge du sanglier, mais celui-ci, fonçant en direction de la monture de Chassard, força son cheval, ainsi que celui de Dubois, à se cabrer. Dubois se maintint en selle, mais Chassard avait glissé de sa selle et était tombé à terre. Le sanglier, qui l'avait dépassé, fit demi-tour et se dirigea vers lui, s'emparant bientôt de son mollet et tirant le corps du malheureux inspecteur vers lui. Lenormand et Dubois, médusés, avaient sorti leur arme, mais n'osaient tirer, de peur d'atteindre leur collègue, dont le corps était fortement secoué.

Entendant la scène derrière lui, Rosier fit demi-tour, se rapprocha du groupe et, pointant son arme en direction de l'épaule du sanglier, tira deux balles, tuant l'animal, qui lâcha sa prise et, après quelques derniers soubresauts, s'immobilisa.

Laissant Dubois et Lenormand s'occuper de Chassard, Rosier rebroussa chemin afin de rattraper Armand, qui, déjà, avait pris une nette avance, mettant en fuite le mystérieux cavalier noir. Encore loin derrière, il fit signe à Rosier de s'écarter par la droite, tandis que lui-même entamait un décalage par la gauche, comptant rattraper le suspect. Arrivant à sa hauteur, Armand constata que leur mystérieux invité portait un masque, et qu'il était impossible de l'identifier à l'œil nu. Seul le dessin d'un mors de type "Verdun", brodé en doré sur le tapis de selle noir, se distinguait au milieu de cette monture du diable. Le jeune homme fixa son regard sur les moindres détails susceptibles d'identifier le mystérieux cheval. Acculé, le cavalier masqué se rabattit sur la droite, et, voyant que Rosier n'était pas encore à ses côtés, Armand accéléra la cadence et continua sa course à travers les arbres. Ils arrivèrent droit sur un taillis, composé d'arbustes bas quelque peu tassés par le tronc d'un arbre couché au sol, et que le cheval noir franchit vaillamment, suivi par celui d'Armand, habitué lui aussi aux courses de sauts d'obstacles naturels. Celui de Rosier, en revanche, effrayé par l'aspect de cet amas de branchages et de bois, s'arrêta net, projetant le pauvre inspecteur de l'autre côté de l'obstacle.

Le cavalier noir changea soudain de stratégie : plutôt que de galoper tout droit, il slaloma entre les arbres, décrivant des arcs de cercles, contournant talus et rochers, amas de bûches et taillis d'arbres feuillus, dans l'espoir que, tôt ou tard, son poursuivant commettrait une erreur qui lui permettrait de le distancer. Il sentit les foulées de son cheval devenir plus lourdes et ralentit sensiblement, tout en maintenant un rythme cadencé. Armand put ainsi gagner un peu de terrain. Le cavalier noir contourna un autre amas de feuillus, disparaissant de l'angle de vue de l'inspecteur, qui rasait lui aussi l'îlot d'arbres persistants.

Dans sa course effrénée, Armand ne put éviter une branche d'arbre tendue à hauteur d'épaule, qui le faucha de plein fouet et le fit tomber à terre, inconscient.

CHAPITRE 16 – ÉTRANGES INDICES

— Magnifique ! Superbe ! Cinq cavaliers, trois à terre, dont un blessé ! Quelle performance, vraiment !

Marchant de long en large dans son bureau, puis s'arrêtant soudain pour regarder au-dehors, sa pipe à la main, le Commissaire Divisionnaire Olivier fulminait.

— Mais comment auraient-ils pu prévoir des évènements aussi exceptionnels et imprévisibles ? objecta La Mothe.

— Louis, tout de même, quand on envoie des inspecteurs en reconnaissance, c'est justement pour qu'ils restent sur leurs gardes et qu'ils prévoient ce genre d'aléas. Quant à vous, messieurs, pouvez-vous m'expliquer quelle mouche vous a piqués pour que vous décidiez d'arrêter cet individu ? Sans rien préparer ? Vous pensiez l'attacher et le ramener à plat ventre sur la croupe de votre cheval, sans doute ? À présent le suspect sait qu'il est recherché, et nos gourous en jupons vont savoir que leur lieu de messe est connu. Nous pouvons parier notre paye que ces diablesses n'y reviendront pas, à présent. Et je doute que notre "hirondelle" soit à nouveau en mesure de nous orienter si elle est démasquée par les criminels. Bon. Du calme et du sang froid. Qu'avez-vous pu découvrir là-bas, mis à part les merveilles de la nature ?

Armand intervint.

— Je n'ai pas pu relever d'indice sur le cavalier : son vêtement était entièrement noir et il était couvert de la tête aux pieds. Impossible de déceler la couleur de ses cheveux, ni déterminer s'il s'agit d'une femme ou d'un homme.

— Enfin, Fayet ! Il y a des détails physiques qui ne trompent pas !

— Monsieur, croyez bien que d'ordinaire, ces « détails physiques » ne m'échappent pas...

Olivier leva les yeux au ciel et hocha la tête en se mordant les lèvres. Armand poursuivit.

— Par contre, j'ai eu le temps de remarquer des signes bien particuliers sur sa jument : son tapis de selle portait un écusson avec un mors de type "Verdun" brodé en doré. C'est la première fois que je vois cela, et pourtant je connais bien le milieu hippique, toutes disciplines confondues. La jument avait de plus une pelote en forme d'étoile et une cicatrice au-dessus de l'œil gauche. Étant donné sa robe et sa morphologie, il s'agit indubitablement d'un frison, ce qui est rare, dans la région. Et un frison avec une étoile, c'est encore plus rare...

— Je suis ravi des éléments que vous venez d'apporter, Fayet, mais je ne comprends pas un traître mot de ce que vous venez d'exposer. Mors "Verdun", frison, pelote... expliquez-vous, mon ami.

— Dans un mors, vous avez le "canon", qui est la partie qui va dans la bouche du cheval, et les anneaux, qui lui sont reliés, et sur lesquels on attache rennes et montants du filet. Dans un mors classique, les anneaux sont en forme de cercle. Dans un mors de type "Verdun", la partie des anneaux qui est reliée au canon est droite. C'est une embouchure plus ferme que le mors classique.

— Quelle est la signification de ce mors "Verdun" sur le tapis de selle ? Cela correspond à une marque de tapis ?

— Je n'en sais rien, mais je vais me renseigner, Monsieur. Concernant la "pelote", il s'agit d'une "tache" de poils blancs de taille très limitée qui en général prend la forme d'un cercle plus ou moins régulier, placé sur le front, ou alors d'étoile. L'étoile est encore plus rare que la pelote ronde, sur un frison : en général, ils sont entièrement noirs, ce qui est d'ailleurs une condition *sine qua non* pour que le cheval soit reconnu étalon quand il est entier... On distingue la pelote de la liste, qui est une "tâche" blanche allongée et qui peut courir sur tout le chanfrein du cheval. Les frisons sont une race de chevaux originaire de la Frise, une des provinces néerlandaises. Ils sont très appréciés pour leur docilité et leurs allures, et sont donc souvent destinés au dressage. Or, c'est la discipline que l'on rencontre le moins dans la région, plus spécialisée dans le concours de saut d'obstacles. Un frison ne devrait pas être trop difficile à repérer dans les environs…

— Je vois… avez-vous la possibilité d'enquêter sans attirer l'attention ?

— Bien entendu, Monsieur. Je peux poser des questions au nom des nécessités de mon haras…

— Bien. Autre chose ?

— Oui, nous avons visité la cabane qui était déserte. Nous n'avons découvert aucune trace de sang, tout était propre. Mais nous avons trouvé une table usagée, sur laquelle sont cloués des liens de cuir, sans doute pour attacher les victimes. À notre arrivée aux alentours de la cabane, nous avons constaté des traces fraîches de fers à cheval.

— Le fameux cavalier noir ?

— Ou quelqu'un autre… lorsque nous étions encore loin de la cabane, avant que le sanglier ne nous charge, nous avons entendu la sonnerie d'un cor. Mais ce n'était pas une sonnerie de vénerie, qui est mélodieuse. Le son était au contraire monocorde. Il peut avoir été émis pour avertir ceux ou celles qui se trouvaient à la cabane alors que nous approchions. Le sanglier a pu prendre ce signal pour l'annonce du danger de la chasse. Comme nous continuions vers la cabane, le cavalier noir a certainement voulu faire diversion.

Olivier se gratta la tête.

— La table qui se situe dans la cabane, est-elle lisse ?

— Non, pas du tout : le bois est poreux et sale. Il n'y a aucun moyen de prendre des traces papillaires.

Olivier réfléchit.

— D'accord, Fayet. Occupez-vous de questionner qui de droit sur ce mystérieux frison, son étoile et son mors, nous verrons après. Comment va votre épaule ?

— Encore un peu endolorie, mais cela va vite se résorber.

— Tant mieux. Et Chassard ?

— C'est moins grave que l'on ne croyait. Le cuir de la botte est épais et solide, les crocs du sanglier n'ont pas pu le percer, ni le déchirer. Il sera de nouveau opérationnel dès demain.

— Fort bien. Allez, au travail et donnez-moi de bonnes nouvelles, pour une fois. Bonne journée, messieurs !

CHAPITRE 17 – DÉCLARATION DE GUERRE

— Je vais lui demander si elle est en mesure de vous recevoir, dit la servante à Armand, en le laissant dans le hall d'entrée.

Elle entra dans le salon, annonça le visiteur. Diane, très pâle, les épaules recouvertes d'une étole de laine, l'écouta patiemment, le regard perdu dans les étendues vertes qui entouraient le château. Livide, mais présente, elle répondit positivement par un signe de tête à sa servante, qui invita le visiteur à pénétrer dans le salon.

Armand s'approcha lentement du fauteuil sur lequel Diane était assise, en biais face à la fenêtre, à côté du guéridon qui la séparait d'un autre voltaire réservé aux visiteurs.

— Bonjour Diane, dit-il simplement, ne sachant de quelle autre manière commencer son discours.

Diane l'entendit, mais resta muette. Elle tourna lentement la tête vers Armand et le regarda quelques instants. Son regard était vide. Elle le regarda comme s'il eût été un inconnu : sans affectation particulière. Puis elle tourna à nouveau la tête en direction du dehors. Elle était absente, ou, en tous les cas, absorbée par autre chose que la présence de celui qu'on lui destinait.

Armand fit un pas en arrière en direction de la servante.

— Que lui arrive-t-il ?

— Je l'ignore. Elle est ainsi depuis deux jours. Elle ne mange pas, ne boit que des infusions.

— Vraiment ? Vous n'avez pas idée de ce qui lui est arrivé ? A-t-elle reçu d'autres visites, la mienne mise à part ?

— Non, Monsieur.

— Pouvez-vous nous laisser, Jeanne, s'il vous plaît ?

La servante demeura interdite. Cette demande allait à l'encontre des ordres qu'elle avait reçus. Elle regarda Diane, ne sachant que répondre. Sans détourner son regard des étendues vertes de son domaine, elle s'adressa à la servante.

— Vous pouvez nous laisser, Jeanne.

Jeanne rapprocha le plateau portant la théière et la tasse de sa maîtresse, proposa à boire au visiteur, qui refusa, et s'effaça après une brève révérence. Sans en attendre la permission, Armand s'assit sur le voltaire qui faisait face à celui où Diane était assise.

— Comment allez-vous, Diane ?

Diane ne répondit pas. Comment elle allait ? Elle ne le savait pas elle-même…

— Je ne vais pas vous importuner longtemps. Je voulais simplement vous présenter mes excuses, pour mon comportement passé. J'ai réalisé que j'avais été bien égoïste, et bien maladroit, de venir vous torturer pendant le deuil de votre père. Je ne voulais en aucun cas me montrer discourtois mais simplement faire acte de bienveillance à votre égard, et voir si nous avions la même vision de la vie. Manifestement non. Je vous prie d'accepter mes excuses, encore une fois.

Sans attendre la moindre réponse, Armand prit la main de Diane et, s'inclinant, y porta ses lèvres. Diane garda le visage tourné vers le dehors. Armand fit mine de se lever.

— Vos excuses sont acceptées, répondit Diane.

— Je suis navré de vous avoir donné cette impression d'éprouver de l'aversion à votre égard, mais je vous prie de croire qu'il n'en est rien. S'il est vrai que vous ne ressemblez pas aux femmes que j'ai l'habitude de fréquenter, j'ai le plus grand respect pour vous…

Il s'interrompit, laissant la phrase faire son effet.

— Je reconnais que la seule idée d'un mariage me fait craindre de perdre une liberté que j'ai toujours eue, mais je me rends bien compte qu'il faut être raisonnable et accepter de me ranger à des responsabilités conjugales en rapport avec notre rang et nos obligations. J'ai simplement besoin d'un peu de temps, Diane. J'ai besoin de temps et besoin de vous connaître davantage, pour m'y résoudre plus facilement. Nous sommes encore comme des étrangers, l'un pour l'autre.

Il marqua un nouveau temps d'arrêt, laissant aux mots le temps de faire leur chemin. Diane tourna la tête vers lui, le regarda à nouveau, en gardant cette même expression neutre. Puis elle se leva et se dirigea vers la fenêtre, espérant se réchauffer aux rayons de soleil qui passaient à travers la vitre.

— J'ignore si mes mots ont quelque résonance dans votre esprit.

Il se leva du voltaire et s'approcha d'elle, découvrant, pour la première fois, le parfum nuancé au subtil mélange de fragrances d'épices et de roses qui émanait des épaules de Diane. Pris d'une soudaine compassion pour cette femme visiblement éprouvée, il plaça chacune de ses mains sur ses épaules. *"Allons courage, plus qu'un petit effort"*, pensa-t-il, en attirant Diane vers lui et en retournant son buste pour la serrer contre lui.

— Ma chère Diane, lui dit-il en la regardant, je sais les sentiments qui vous animent à mon égard. Accordez-moi simplement un peu de temps, je vous en prie.

Diane continuait de le regarder fixement, sans que la moindre émotion ne transpire dans son regard. Armand caressa la joue de Diane, et rapprocha son visage de son front. Ses lèvres frôlèrent sa joue, et se déplacèrent vers celles, bien ourlées, de la jeune marquise.

Un choc secoua son buste, puis un autre, atteignant sa pommette droite. Diane l'avait subitement repoussé puis marqué sa désapprobation de manière virile. Elle prit enfin la parole, les yeux grands ouverts, empreints d'une colère sourde.

— Vous avez osé profiter de l'état de profond trouble où je me trouve pour tenter d'arriver à vos fins, Armand, mais je ne suis pas pour autant dupe de vos manipulations. J'ignore ce que vous cherchez à savoir, mais je vous espère désormais bien renseigné. A présent quittez ce domaine avant que je ne vous fasse expulser !

Une nouvelle fois, Armand quitta le domaine de la Ribaudière, outré de la correction qu'il venait de recevoir, et avec la très désagréable sensation d'avoir laissé des questions en suspens…

CHAPITRE 18 – EN NOTRE ÂME ET CONSCIENCE

Armand descendit, sans grande hâte, les marches du bus Darracq-Serpollet, qui s'était arrêté devant les portes du bâtiment abritant la section de recherches criminelles. Il garda la tête légèrement baissée, conscient que les bordures de son chapeau ne cacheraient qu'un temps limité l'hématome qui était apparu, pendant la nuit, sur sa pommette droite. Fort heureusement, le coup de poing de Diane n'avait pas atteint l'œil, mais, hélas, le geste avait laissé un témoignage visible de son humiliation, chose sur laquelle ses collègues de brigade ne manqueraient pas de plaisanter s'ils découvraient l'origine de cette blessure.

Discrètement, il passa la porte d'entrée en prenant toutes les précautions afin de ne pas attirer l'œil sur lui. Cette précaution ne fit qu'attiser la curiosité des fonctionnaires pourtant bien occupés à élaborer des plans d'action sur l'élucidation des diverses affaires prioritaires. Dubois se retourna au passage d'Armand, aperçut les reflets bleus et violacés sur la pommette de son collègue et donna un coup de coude à Chassard, accompagné d'un signe du menton. L'inspecteur sourit, quoi qu'un peu compatissant.

— Rivalité de coqs pour une même poule, d'après toi ?
— Penses-tu ! Il aurait pris l'épée si cela avait été le cas ! L'honneur, chez les aristocrates, ne se défend que par la lame.
— Ou le pistolet…
— Le pistolet, pour une donzelle ? Je ne l'imagine pas de sa part, non, excepté si la dame est véritablement en danger.

Sans percevoir un traître mot de cet échange, Armand continua son chemin et franchit l'escalier qui le menait au bureau de son ami

La Mothe. Celui-ci leva brièvement les yeux de son registre et lui fit signe d'entrer et de s'asseoir. Armand approcha et prit place sur le fauteuil. Le jeune commissaire ne put que remarquer l'hématome.

— Au nom du ciel, que t'est-il arrivé, mon ami ?

— Rien de grave. Un cheval un peu vif, qui a brusquement relevé la tête au moment où je lui brossais le chanfrein.

La Mothe fronça les sourcils. Excellent cavalier, sachant donner sa confiance aux chevaux sans perdre de vue les règles élémentaires de vigilance, Armand ne l'avait jamais habitué à se laisser surprendre comme un débutant. Et un incident aussi anodin paraissait l'avoir rendu plus penaud que de raison.

— Véritablement ? Je te sens bien réservé ce matin. Je dirais même que tu sembles avoir bien de la peine...

Armand soupira, et se rendit à l'évidence : mieux valait dire la vérité.

— En effet, Louis, j'ai de la peine. J'ai de la peine, car je me sens fautif. Tu as raison, ce n'est pas un cheval qui m'a fait cela. J'ai reçu un coup de poing. De Diane.

— De Diane ?

— Je l'ai bien cherché, il faut l'avouer. J'étais revenu à de meilleures dispositions à son égard, et j'ai tenté de l'embrasser. Elle n'a pas apprécié, voilà tout... Je voulais t'épargner cela, en te racontant une autre histoire.

La Mothe réfléchit, puis serra sa mâchoire.

— Mon ami, j'ai la très profonde impression que tu ne me dis pas tout, et cela m'embarrasse. Je connais Diane : si réellement tu avais amorcé une tentative aussi innocente que tu la présentes, elle se serait contentée d'une réflexion cinglante, ou, au pire, d'un soufflet.

— Tu ne la connais pas entièrement, de toute évidence... elle est finalement plus violente qu'on ne le croit.

— Elle est peut-être plus violente qu'on ne le croit, mais plus je te découvre, plus je perçois de ta personne une facette qui tient plus du diable que du chérubin maladroit. Je n'irai pas par quatre chemins : mon idée est que tu cherches un moyen de la confondre pour mieux justifier ton refus d'un mariage qui te rebute. Tu as cherché à provoquer une réaction qui a dépassé ce à quoi tu t'attendais. Je me trompe ?

— Disons plutôt que je cherchais des réponses. Je n'ai pas eu celle que j'espérais, mais j'en ai obtenu une…

— Armand, je t'ai recruté, car je voyais en toi un homme intègre. J'espère que tu l'es resté, et le resteras. Je me contenterai de te rappeler que quand on mène une enquête, criminelle de surcroît, on la mène à charge, certes, mais aussi à décharge. On laisse ses sentiments personnels de côté, de la même manière que mes sentiments amicaux à l'égard de mes collaborateurs ne m'empêchent en aucune manière de leur remonter les bretelles quand cela s'impose. Nous devons continuer d'agir avec la plus grande objectivité possible, en notre âme et conscience. Si je ne m'abuse, tu as envoyé ton père sur les roses et as refusé ce mariage. Tu n'as pas besoin d'aller plus loin et encore moins de déshonorer une dame dont tu rejettes la main. Je te conseille d'arrêter là tes investigations officieuses, qui non seulement n'ajouteront rien aux enquêtes mais ne feront que jeter l'opprobre sur ta personne, ce qui serait bien dommage, étant donné tes capacités et les atouts dont tu disposes à bien des égards. Par conséquent je te conseille de revenir, dans les meilleurs délais, à de saines dispositions.

— Louis, je te suis reconnaissant de m'avoir tendu la main comme tu l'as fait, mais je me dois de te dire ce que j'ai sur le cœur. Es-tu bien certain d'être le mieux placé pour parler d'objectivité, quand on sait les sentiments que tu nourris pour elle depuis toujours, en dépit de ton mariage avec une autre personne ? Es-tu certain d'être si neutre que tu le prétends ?

— Quoi qu'il en soit, cela ne justifie en rien ta conduite. Garde à l'esprit que le moindre écart de chaque inspecteur peut faire échouer une enquête. Reprends-toi, mon ami, et garde la tête froide !

Armand ferma les yeux, regarda à terre, avala sa salive et hocha la tête légèrement. Jean-Louis de La Mothe reprit.

— L'affaire est close. Je passe l'éponge. Rends-moi service et va auditionner Defaux. Je veux savoir ce qu'il trame à travers ses tractations aurifères, et à quelles causes il contribue financièrement.

Armand quitta le bureau de La Mothe en silence, et se dirigea vers les geôles de la section de recherches.

CHAPITRE 19 – LA CONSCIENCE D'HIPPOCRATE

C'est à peine si, à travers la buée recouvrant la partie vitrée de la porte d'entrée, l'on devinait le chapeau de cet homme, immobile, fixant ses chaussures en attendant qu'on veuille bien lui ouvrir. L'homme était habillé de noir, visiblement en deuil. Le dos déjà courbé malgré un âge ne dépassant pas la soixantaine, il se tenait, appuyé, sur une canne. Patient, il ne prenait pas encore la peine d'insister. L'inspecteur ouvrit la porte, sans pour autant l'inviter à l'intérieur.

— Oui, Monsieur ?

L'homme leva la tête vers l'inspecteur. Ses moustaches poivre-et-sel tombaient vers le parterre, de même que ses cheveux sous le chapeau mité, qui ne parvenait plus à les abriter véritablement.

— Bonjour Monsieur. Je viens déposer plainte.

— Pour cela je vous conseille de vous rendre au commissariat d'arrondissement. Ils ont du personnel qualifié et disponible pour cela. Vous êtes ici dans une section d'enquête spécialisée, cher monsieur.

— Une section spécialisée dans les affaires criminelles, je suis au courant. Il se trouve que justement, je viens pour une affaire criminelle. Un empoisonnement.

L'inspecteur Chassard resta interdit quelques instants, puis, résigné, fit signe au visiteur d'entrer. Il le conduisit à son bureau.

— Prenez place, je vous prie.

— Je vous remercie.

Le visiteur, visiblement impressionné par l'atmosphère austère des locaux, regarda autour de lui, semblant chercher un élément qui le mettrait plus à son aise. Il scruta les étagères, remplies d'archives, les dossiers sur les bureaux, les lampes allumées au-dessus de chaque bureau. Finalement, cette ambiance ne différait pas tant de celle, studieuse, de son cabinet. Sa main tremblante tâta le dossier de chaise, puis, après avoir quelque peu rapproché son siège du bureau de l'inspecteur, s'assit avec précaution.

— Vous voudrez bien me pardonner ce rapprochement qui vous déplaira peut-être, mais voyez-vous, je suis déjà un peu dur de la feuille.

— Cela ne me pose aucun problème, Monsieur, rassurez-vous. Dites-moi ce que je peux faire pour vous.

— Je suis médecin, voyez-vous…

— Fort bien… et ?

— Je viens de perdre ma mère. Elle était le seul parent qui me restait. Mon père a disparu en mer il y a dix ans déjà.

— J'en suis navré, conclut poliment Chassard, cherchant à comprendre ce qui motivait le déplacement de son mystérieux visiteur.

— Ma mère était malade depuis un an. Elle est morte il y a deux jours. Sa maladie ne cessait d'empirer, au fil des jours, au fil des semaines, et des mois. J'ai commencé à la trouver pâle, dans un premier temps. La peau trop blanche. Et par la suite, elle a commencé à perdre ses cheveux, puis quelques dents. Je n'ai pas réussi à diagnostiquer sa maladie. J'ai demandé à mes confrères, qui ne m'ont pas apporté plus de réponse.

— Monsieur, vous me parlez ici d'une mort naturelle consécutive à une maladie…

— Non point, monsieur, non point. Il s'agit bien d'un empoisonnement.

— Monsieur, croyez bien que j'aimerais pouvoir vous apporter mon aide. Mais vous devez savoir que dans notre pays notre système judiciaire implique que le plaignant apporte la preuve d'un crime ou d'un délit, et d'un préjudice lié à ces faits pour pouvoir déposer plainte.

— Le système inquisitoire. Je connais très bien. Justement, cher Monsieur, j'y viens. Comme je vous disais, je ne parvenais pas à identifier la nature de cette maladie. Et je n'avais pas plus de réponse de la part des autres médecins. Alors, j'en suis venu à faire quelque chose d'impensable, contraire au serment d'Hippocrate. C'est pourquoi j'ai tant de mal à en parler, car j'ai outrepassé mes prérogatives de médecin, sur ma propre mère, de surcroît.

— Quel est donc cet acte si impensable ?

Le visiteur prit une profonde respiration.

— J'ai pris la liberté de pratiquer sur ma mère des prélèvements sanguins, mais aussi des prélèvements de tissus musculaires et dermiques, sur les os, ainsi que sur les cheveux. Et j'ai fait des découvertes bien surprenantes : ses os, ainsi que ses dents, présentent une teneur en or cinq cents fois supérieure à ce qui est supportable pour un corps humain.

Chassard resta immobile, perplexe, ne sachant quelle conclusion il était censé en tirer. Son mystérieux visiteur semblait trouver la réponse évidente.

— Cela ne vous rappelle rien, inspecteur ?

— Je suis navré, mais je ne comprends pas...

— Du fond de votre culture, n'avez-vous pas le souvenir d'une dame de haute lignée qui est ainsi décédée ?

Chassard resta sans réponse.

— Diane de Poitiers, préceptrice puis maîtresse d'Henri II, est morte d'une intoxication à l'or. Pour rester jeune, elle buvait chaque jour un élixir à base d'or potable, une solution à base de poudre d'or et d'eau régale. Cette eau régale n'est ni plus ni moins qu'un mélange d'acide nitrique et d'acide chlorhydrique, appelé acide nitrochlorhydrique. Cette solution était préparée par les alchimistes de l'époque. J'ai effectivement détecté la présence d'acide chlorhydrique, ce qui est normal puisque le corps en fabrique. Ce qui dépasse le naturel, en revanche, c'est la présence d'acide nitrique et de particules d'or dans les tissus et les cheveux de ma mère, indifférente à toutes ces considérations esthétiques, et qu'elle ne m'a jamais demandé de lui administrer de potion, quelle qu'elle soit. Elle me laissait l'initiative de la médication, que j'ai toujours voulue mesurée. J'ai également constaté la présence de mercure.

— Je comprends mieux. Vous étiez son médecin ?

— Oui, et ce depuis l'obtention de mon doctorat. Elle me faisait entièrement confiance et ne s'en remettait qu'à moi. Cela fait donc vingt-deux ans.

— Et depuis quand la dégradation de son état de santé s'est-elle déclarée ?

— Depuis un an.

L'homme semblait de bonne foi. Étant son médecin, il n'avait aucun intérêt à attirer l'attention des enquêteurs sur son histoire, excepté celui de connaître enfin la vérité. Chassard hocha la tête, et se leva brusquement de sa chaise.

— Vous voulez bien patienter deux minutes ? Je vais parler de votre affaire à mon supérieur et je prends votre plainte.

Le visiteur acquiesça, silencieux. Chassard quitta la pièce, monta en hâte les escaliers du bâtiment, et entra dans le bureau de La Mothe, qui avait pour coutume de laisser sa porte ouverte en signe de disponibilité. Il lui exposa ce qu'il venait d'entendre, échangea quelques mots avec le commissaire, et redescendit aussitôt.

— Bien, mon cher Monsieur. Nous voilà entre nous. Autant vous prévenir : je vais devoir, pendant l'interrogatoire, vous poser des questions qui vous paraîtront probablement brusques ou indiscrètes, mais nous devons malheureusement en passer par là.

— Je m'y suis préparé, Monsieur l'inspecteur.

L'audition commença, et ne prit fin qu'une fois le soleil couché.

CHAPITRE 20 – TONNERRE DANS LE CONCERTO

BAAM !

C'est à peine si ce bruit, pourtant violent, incita le commissaire à lever sa plume du tableau de statistiques, dont il était en train de corriger les chiffres, avec, en guise de mission quotidienne, toujours les mêmes tableaux à établir, chaque semaine. Toujours cet inconfort, né des mêmes courants d'air dans ce même bâtiment. En fond sonore, toujours ces mêmes claquements. Il faudrait bien qu'un de ces jours l'on se résolve à faire réparer cette satanée porte d'entrée ! Ces pensées, furtives, revenaient en boucle à chaque fois qu'un orage exacerbait la tristesse et l'austérité de l'établissement, à chaque fois que les mini-tornades menaçaient d'arracher les portes. Son seul luxe dans ce sanctuaire : le gramophone qu'il avait fait installer, à ses frais, afin de trouver un peu de quiétude dans les mélodies classiques qu'il affectionnait particulièrement et écoutait en boucle.

Malgré ce décor glauque, blasé, le front bombé orné d'une large mèche blonde aussi régulière et souple que son humeur, le commissaire Louis de la Mothe se concentrait à la fois sur les phrases fluides et légères du concerto pour clarinette de Mozart, et sur ses statistiques. Ce mois-ci l'on dénombrait cent cinquante-quatre interpellations, dont cent trente déferrements devant ces messieurs les parquetiers. Un chiffre honorable, jugea-t-il, pour un service si modestement doté en effectifs et en moyens matériels. Que serait-ce quand le service tournerait à effectif complet, une fois les recrutements au sein des brigades mobiles achevées ?

La Mothe voulut comparer ces chiffres avec ceux du mois précédent. Ses pensées englouties dans les sons boisés du concerto, il avait machinalement rangé ses archives dans un tiroir de son bureau, sans même y penser. Sa distraction ne dura qu'un temps et il les retrouva sans grande peine. Plaçant devant lui les tableaux des mois précédents et celui du mois courant, il entama sa synthèse, afin de la présenter aux commissaires Jules Sébille et Olivier. Il allait se féliciter une fois de plus de la progression de l'activité de son service quand il vit se détacher confusément, dans l'encadrement de la porte de son bureau, la silhouette essoufflée de l'inspecteur qui venait de cogner au chambranle, le visage livide.

— Oui, Dubois ?

L'inspecteur prit une longue inspiration, avant de pouvoir expliquer son émoi.

— Monsieur le Commissaire, nous avons un GROS problème…

TROISIÈME PARTIE

CHAPITRE 21 – PANIER DE CRABES

Imperceptible, la volute bleue dansait le long du tissu sombre qui semblait lui servir de support pour monter jusqu'au plafond. Ivre du silence assourdissant qui avait suivi le départ du projectile, elle se mua, souple et inlassable, en point d'interrogation, puis en un "o" de stupéfaction, avant de se confondre totalement dans l'atmosphère froide et incolore de la pièce.

L'orifice du canon d'où elle s'était échappée pointait vers le sol, la culasse du pistolet caressant négligemment la cuisse de son possesseur qui tentait de se persuader, sans trop de conviction, que l'événement était le fruit de sa seule imagination. Debout et immobile, la main crispée sur l'arme et le regard fixe, l'inspecteur Armand Fayet de Terssac se tenait devant le corps sans vie de l'homme qui gisait désormais à ses pieds dans une mare de sang.

A trois mètres de lui, la main sur la poignée de la porte, un jeune agent déconfit veillait à ce que personne, mis à part la hiérarchie, ne pénètre dans ce qui venait de devenir une scène de crime, où chaque indice comptait plus que jamais. L'effroi ressenti par les policiers n'avait d'égale que l'excitation des gardés à vue, qui assumaient, pour certains, leur besoin irrépressible et malsain de nourrir leur curiosité macabre. Certains pressaient leur visage entre les barreaux de leur cellule, tandis que d'autres, qui avaient assisté à la scène sans obstacle visuel restaient sans mot dire, assis sur leur banc.

La voix rauque du Commissaire divisionnaire Olivier tira de sa torpeur le jeune fonctionnaire, qui ouvrit la porte du local des geôles avec une hâte toute relative. Le regard noir du divisionnaire toisa la scène afin de constater l'ampleur des dégâts, déjà conscient du retentissement de cette affaire sur l'image de son service, sur sa crédibilité de dirigeant. La Mothe lui emboîtait le pas, sans que son visage ne manifestât de mépris ni de compassion. Neutre, presque absent, il détailla tour à tour le corps allongé sur le sol, puis le visage défait de son ami Armand, dont l'autre main tenait son cou, et enfin celui de Joseph Olivier, dont les maxillaires particulièrement saillants promettaient le pire.

Le divisionnaire fixa Armand, hésita, puis se résigna, à grand regret, à attendre un moment plus opportun pour laisser libre cours à son volcanique tempérament. Comment Fayet de Terssac, jeune homme issu d'une famille honorable, avait-il pu en arriver à tuer un autre homme ? Que pouvait expliquer un tel geste ? Un tel acte était à ses yeux d'autant plus impardonnable qu'Armand avait la réputation d'être un homme méfiant et un fin tireur. Or, chacun le savait, Olivier pardonnait encore plus difficilement leurs erreurs aux fonctionnaires de valeur, tenant pour inévitables, presque normales, celles des agents pour lesquels il avait moins d'estime. Il ne pouvait en dire autant concernant l'homme qui se trouvait à terre, encore surpris de son sort.

Georges Defaux ! s'exclama-t-il en lui-même. Mais qu'est-ce qu'il pouvait bien trafiquer encore ? Et c'est dans un arrondissement où il y a trois bourgeois à garder qu'il s'est fait dessouder, par un honnête policier de surcroît ? Décidément, Defaux n'a jamais rien fait comme les autres !"

Le commissaire avisa la tenue générale du cadavre : complet de flanelle grise, chaussures en cuir, cheveux lissés en arrière. *"Fichtrement élégant, pour quelqu'un qui vivait sous les ponts il y a si peu de temps"*.

Son regard changea de victime et dévisageait cette fois-ci les deux individus dont les cellules, placées au bout du petit couloir, donnaient directement sur la partie plus vaste du local de garde à vue, où l'homicide avait eu lieu. Il ne s'étonna pas de la présence de Jean Teilland, anarchiste violent et, par voie de conséquence, fervent abonné des séjours dans les "appartements" consacrés du commissariat. Pour une fois, Teilland serait dans le rang des témoins, et non des accusés. Puis, regardant le locataire de la cellule d'à côté, il fronça les sourcils.

— Et lui, qui est-ce ?

— Houblon de Roquemart, Gilles de son prénom.

— Il est nouveau, dans le coin ?

— Il n'avait pas l'habitude de traîner sur Paris, mais dans son département, il est connu comme le loup blanc. Presque autant que son voisin.

— Sa spécialité ?

— Délinquance financière, essentiellement, répondit simplement La Mothe. Sans violence, tout en finesse. Une nouvelle espèce de crapule : passe-partout, aimable… ce qui les rend d'autant plus dangereux. Ils vous blanchissent un trafic en un rien de temps, font disparaître liquidités et preuves ni vu, ni connu, tout en volant un sourire à l'escroqué qui n'y a vu que du feu. On l'appelle "le prestidigitateur".

— Vous me tiendrez au courant sur l'enquête le concernant ! Et s'il n'est pas du même bois que les autres, peut-être pourrait-il nous apporter un témoignage plus fiable sur ce qui vient de se passer. Pour le reste, Louis, je ne vous fais pas l'insulte de vous dire ce qui reste à faire… Je m'occuperai du Procureur quand nous aurons fait un premier point.

La Mothe hocha la tête, mélancolique. L'idée même de devoir mettre son vieil ami aux arrêts lui était insupportable. Et Armand qui ne décrochait pas un mot ! Trop choqué, sans doute, pour que le moindre son ne s'échappe de sa bouche.

Il avait tiré, c'était indéniable !

CHAPITRE 22 – UN PAYS EN PLEINE TOURMENTE

— Allons, allons, Célestin, répliqua le Tigre, faisant par un léger sourire remonter le côté droit de sa moustache, nous ne saurions leur reprocher de ne pas être au summum de leur métier quand ils viennent d'être recrutés. Qu'ils essuient quelques plâtres à leurs débuts est on ne peut plus naturel. J'ai toujours, pour ma part, toujours considéré qu'échouer même est enviable, pour avoir tenté. Par-dessus toutes choses, appliquons-nous à défendre, à développer l'individu. Accroissant l'homme, nous accroissons la patrie. Quelles autres nouvelles m'apportez-vous, mon bon Célestin ?

— Une multitude, Monsieur Clémenceau. Par quoi souhaitez-vous que je commence ?

— Donnez-moi un peu des nouvelles de la structuration de notre police, je vous prie.

— Les recrutements de vos brigades mobiles prennent un bon rythme, à présent. Les premiers résultats obtenus nous permettent un recul sur les différentes opérations menées, et sur la manière d'affiner et de perfectionner les recrutements, la formation et les interventions de nos hommes. Nous avons aujourd'hui des échanges constants avec la brigade de renseignements généraux, qui se montre de plus en plus efficace, et dont la contribution accélère la résolution des enquêtes, ce qui n'est pas bien considéré de tout le monde.

— Précisez ?

— Comme à leur habitude, les anarchistes, mais aussi ces chers boulangistes ainsi que les socialistes radicaux qualifient la brigade des renseignements généraux, dans leurs gazettes, de "police politique". Ce qui ne fait, vous vous en doutez, que verser de l'huile sur le feu, quand on sait le climat social et sociétal plus que tendu depuis un an. Et je ne parle pas de ce dont vous avez dernièrement été accusé….

— De quoi s'agit-il ?

— Le 23 juin dernier, vous avez reçu ce Marcellin Albert, dont les vignerons ont prétendu que vous l'aviez acheté.

Clémenceau contint un rire qu'il ne chercha pas véritablement à cacher.

— Allons donc ! Est-ce ma faute si un journaliste se tenait dans le salon d'à côté au moment où je lui faisais la charité pour qu'il puisse prendre son train, alors qu'il n'avait pas de quoi se payer le billet de retour ?

Hennion sourit. Il ne connaissait que trop bien l'ironie du Président du Conseil.

— Ce fait aurait pu ne pas être relevé, si vous n'aviez pas acquis cette si solide réputation de "briseur de grèves". Loin de moi l'idée de vous en faire le reproche, votre fermeté a remis de l'ordre où le besoin s'en faisait sentir. De plus, grâce à cette "coïncidence", Marcellin Albert a été discrédité auprès des vignerons, et la grève s'est ainsi essoufflée. Mais le climat social dans cette catégorie professionnelle demeure tendu, et à plus forte raison depuis le vote de la surtaxe sur les sucres utilisés pour la chaptalisation. Vous devez connaître cet état de fait…

— Cela passera, Célestin. Cette surtaxe est pour le moment décriée, mais à terme elle ne pénalisera que la partie des vignerons qui abuse des sucres pour masquer le manque de qualité de leur vin. Les producteurs de bons vins considéreront bientôt cette mesure comme utile et valorisante pour leurs produits.

Clémenceau réfléchit quelques instants, et se décida à reprendre la parole.

— De manière générale, Célestin, au train où vont les choses, je fais fi de tout ce qui peut être dit sur mon compte, que les faits soient avérés ou que mes intentions soient mal interprétées. Si j'ai, à mes débuts dans la politique, contribué à faire amnistier les communards ou si j'ai conçu quelque admiration pour des anarchistes comme Louise Michel, il faut bien avouer que nos radicaux vont trop loin aujourd'hui dans leurs revendications, et qu'ils emploient des méthodes que je méprise profondément. Je honnis encore plus la complaisance de mes anciens alliés politiques à leur égard. Je n'ai donc aucun scrupule à enrayer certains excès.

— Il n'y a pas que les anarchistes, Monsieur…

— Qui d'autre ?

— Il se pourrait que les féministes et les associations anticolonialistes causent quelques remous, incessamment sous peu. Les féministes en premier lieu. Elles veulent remettre en question le divorce, à savoir le rétablissement du divorce par consentement mutuel, l'égalité des peines en cas d'adultère. Et, sachant que l'an dernier, en Finlande, leurs grandes sœurs ont obtenu le droit de vote et d'éligibilité, elles reviennent sur le sujet des droits civils et civiques. Le fait d'avoir obtenu le droit de vote pour les prud'hommes ne leur suffit pas. Elles veulent un rôle politique sur la scène publique, et elles bénéficient de nombreux soutiens au Sénat mais aussi parmi les députés. Elles disposent, croyez-le, d'un joli carnet d'adresses. Le moins que l'on puisse dire est qu'elles œuvrent avec méthode.

— Billevesées !

— Je me permets d'insister : elles sont extrêmement sérieuses. Et je ne parle pas que de leur détermination à disposer librement de leur salaire ! Quant aux associations anticolonialistes, elles ne retiennent plus leur verve à l'égard des initiatives comme la pacification du Maroc, et de la politique coloniale générale de notre gouvernement et de nos alliés.…

— Ce que je trouve admirable, c'est que nos chers humanistes, dont les intentions sont au demeurant très louables, ignorent tout de la complexité des enjeux et des risques d'une décolonisation massive et subite. Nous voilà au beau milieu d'une Triple-Entente avec la Russie et l'Angleterre, qui s'avère plus que nécessaire au regard de la menace que nous devinons, émanant de l'Allemagne et de ses deux comparses de la Triple-Alliance. Si nous nous déshabillons trop rapidement, quelles ressources aurons-nous demain pour faire face ? Vous le savez, Célestin, j'ai toujours combattu, avant d'être au gouvernement, les idées coloniales quand elles étaient défendues par Ferry sous le prétexte d'une soi-disant nécessaire mise sous tutelle des pays tout aussi soi-disant inférieurs. Cette seule idée me révulse. Pour autant, la décolonisation est un processus que nous devons poursuivre avec beaucoup de prudence et de patience. Les citoyens n'ont pas cette perception des choses, et comme il nous est impossible de le leur expliquer sous peine de trahir le secret-défense et de créer une panique générale, nous sommes inéluctablement voués à cette perpétuelle incompréhension entre pouvoirs politiques et citoyens…

— Vous prêchez un convaincu, Monsieur le Président. Nous devrions cependant trouver un moyen pour canaliser et identifier les meneurs de la contestation, car ils pourraient devenir de plus en plus violents.

— Certes, mon bon Célestin. Faites donc ce que vous jugerez utile pour vous rapprocher des autorités de nos partenaires européens et russes. Une coopération internationale ne serait pas superflue, si nous voulons juguler toute insurrection de nos ressortissants respectifs…

CHAPITRE 23 – VAUTOURS ET COMPAGNIE

Dubois entra en premier dans la salle d'audition, suivi de Gilles Houblon de Roquemart et de Chassard, qui fermait la marche.

Les deux inspecteurs firent asseoir leur "invité", empruntant un air aussi bienveillant que possible. Pour mettre le témoin dans les meilleures dispositions, ils avaient opté pour une salle comportant une baie vitrée donnant sur le dehors, de sorte qu'il puisse enfin voir la lumière naturelle et se montrer plus ouvert aux questions qu'ils avaient à lui poser. Des barreaux sécurisaient l'issue.

— Une cigarette, Monsieur Houblon de Roquemart ? proposa Dubois, aimable mais se gardant de trop en faire.

— Volontiers.

Dubois sortit une cigarette de l'étui métallique qu'il gardait à l'intérieur de son veston, en proposa une à Houblon, qui la prit de bonne grâce et laissa Dubois en allumer l'extrémité. Le malfrat prit une profonde respiration, savoura cette première bouffée, et remercia l'inspecteur.

— Vous semblez avoir quelque chose d'important à nous dire, Monsieur Houblon. Des précisions à apporter à votre affaire ?

— Non. Pas à mon affaire. Mais à celle qui concerne votre collègue, celui qui a refroidi Defaux. Avant de vous donner des éléments, je souhaiterais avoir l'assurance de votre bienveillance à mon égard quand vous rendrez-compte au Procureur.

— Cela nous sera facile : quand bien même il y aurait des éléments gênants dans votre dossier, cela reste du domaine matériel. Il ne sera pas trop délicat de susciter la clémence des magistrats vous concernant. Mais tout dépend de ce que vous avez à nous révéler. Vous connaissiez donc Georges Defaux ?

Houblon se mit à rire.

— Qui ne connaît pas Defaux ? Nous n'étions pas exactement du même monde mais nous avions le même centre d'intérêt : les transactions autour des matières précieuses. Mais une chose nous différencie diamétralement. Ma méthode, c'est la négociation, les placements. Jamais de violence, avec moi. Lui… lui, c'était autre chose. Il obtenait ce qu'il voulait…. Avec des méthodes discutables.

— Comment vous êtes-vous connus ?

Houblon sourit.

— Defaux était venu me proposer ce qu'il présentait comme des "opportunités", à savoir des transactions sur des produits essentiellement miniers soi-disant issus des continents africains et sud-américains. Étant donné la pénurie d'or sévissant sur le marché international, il s'était investi dans l'art de trouver des fournisseurs d'or à bas prix, qu'il revendait une fortune aux marchés financiers. Cela lui arrivait de proposer de l'argent, mais beaucoup plus rarement, car seul l'or, comme vous le savez certainement, peut servir d'étalon, de valeur d'échange fiable et stable, à notre époque. Il n'en vendait jamais qu'une petite quantité par transaction, pour que l'or ne soit pas dévalué.

— Pourquoi ne faisiez-vous pas affaire avec lui ?

— Parce que tout le monde savait que cet or ne venait qu'en petite partie de ces continents. Ou alors qu'il l'avait obtenu via des braquages d'établissements chargés de stocker l'or, ou d'opérations de "piratage" pendant les transports. Les activités violentes et douteuses de Georges Defaux étaient connues du monde financier. Il était un rapace de la pire espèce, nous ne prenions pas le risque d'accepter des transactions sur une marchandise dont nous connaissions l'origine frauduleuse.

Chassard et Dubois se regardèrent. Bien entendu Houblon ne prenait pas ce genre de risque dès qu'il avait la certitude que l'or avait été acquis par la ruse ou par la violence. Il se gardait simplement de dire qu'il acceptait les transactions dont le caractère illégal était beaucoup moins flagrant. Une belle bande de vautours, décidément. Mais cela n'était pas dans leur intérêt de braquer le témoin. Il fallait rester neutre, dans l'intérêt de tous, et surtout de leur collègue Fayet. Les investigations sur Houblon et ses auditions sur ses propres activités attendraient encore un peu. Ils reprirent.

— Defaux était connu pour obtenir l'or par des braquages, donc ?

— Oui, ou des extorsions diverses sur de riches victimes.

— Il était en rapport avec les chauffeurs de la Drôme ?

— Difficile de l'affirmer, mais ce n'est pas impossible... peut être était-il en affaires avec eux... nous ne connaissions pas les détails. Nous ne pouvions que supposer.

— "Nous" ?

— Les professionnels de la finance et du commerce en métaux précieux, rétorqua Houblon avec un air d'évidence.

— Vous connaissiez Defaux, mais avez-vous eu un jour affaire à l'un de ses "collaborateurs" ?

— Non, je n'ai jamais eu affaire qu'à lui…. De très loin, comme je vous disais, le temps de refuser ses « services » … Cependant, si vous grattez un peu, vous devriez trouver un carnet d'adresses assez intéressant, quelque part dans ses affaires, sa chambre d'hôtel…

— Je vois, dit calmement Dubois. Donc vous saviez à qui vous aviez affaire, quand il vous proposait des transactions. Un homme violent, donc ?

— De façon notoire, oui.

— Que s'est-il passé, dans les geôles où il a été tué ?

Houblon s'assit au fond de son fauteuil, et croisa ses jambes.

— Vous n'avez donc pas vu la marque sur la gorge de votre collègue ?

Dubois et Chassard se regardèrent à nouveau.

— Une marque ? Quelle marque ?

— Une marque de strangulation. Votre collègue était venu chercher Defaux, certainement pour l'auditionner. Comme vous tous, il avait son arme à la ceinture, au moment où il a fait sortir Defaux de sa cellule. L'autre a fait mine d'avancer sans broncher. Brutalement, il s'est retourné, s'est saisi d'un lacet qu'il avait dans sa poche, est passé en un éclair derrière l'inspecteur et lui a entouré le cou pour l'étrangler. Votre collègue s'est débattu et a tenté de desserrer l'étreinte de Defaux, mais, il n'y avait rien à faire, l'autre tenait ferme. L'inspecteur a donc sorti son arme et a tiré. Une chance qu'il ait pu avoir ce réflexe. Il s'en est fallu de très peu…

Voilà qui changeait la donne. Armand était donc en état de légitime défense.

— Vous êtes prêt à mettre tout cela sur papier ?
— Bien entendu, messieurs.
— Je ne vous cache pas, Monsieur Houblon, que nous disposons d'une autre version…

Houblon fit une moue dédaigneuse.

— Je vois. Vous faites allusion à la version de Teilland ?

Il se mit à rire.

— Messieurs, quand vous rencontrerez un anarchiste qui ne remet pas en question l'action d'un représentant de l'État, qui ne cherche pas à le frapper ou à le discréditer, ce jour-là…

Il reprit une bouffée de tabac, puis expira la fumée en prenant son temps.

— Ce jour-là, nous irons tous les trois boire un verre, ce sera ma tournée… et j'ai la réputation d'être d'une générosité très modérée, dit-il en adressant un clin d'œil aux deux inspecteurs…

— Donc, selon vous, Teilland a menti ?

Houblon haussa les sourcils, et fit une moue désabusée.

— Comme un arracheur de dents !

CHAPITRE 24 – QUESTION DE VIE OU DE MORT

Moralement abattu, Armand se tenait assis, au fond du fauteuil qui faisait face à celui du commissaire divisionnaire Olivier. Encore sous le choc d'avoir dû tirer sur un être humain, et ce même pour sauver sa vie, il n'osait piper mot. Il attendait, sans grand espoir, la sentence du divisionnaire. Sans doute allait-il être écroué. La Mothe était assis à sa droite. Étant son ami intime, il avait été écarté de l'enquête, mais en avait suivi chaque étape. Armand tenta de le décrypter, mais l'expression de son visage restait neutre, au grand désespoir du jeune inspecteur.

Joseph Olivier se gratta le front puis se décida à prendre la parole.

— Bien, Monsieur Fayet. À nous ! Je n'irai pas par quatre chemins. Vous n'êtes pas sans savoir que tous ceux qui se trouvaient dans les geôles au moment où vous avez tiré sur Georges Defaux ont été auditionnés ?

Armand hocha la tête.

— Vous vous doutez également que certains d'entre eux ont totalement contredit vos déclarations et, ce qui est pire, vous ont accusé d'avoir tué Georges Defaux de sang-froid et sans raison apparente…

Le jeune homme devint blême. Olivier ne voulut pas en rajouter ni faire durer le supplice.

— Par chance pour vous, d'autres témoins ont corroboré vos dires, ayant vu Defaux tenter de vous étrangler au moyen d'un lacet et ont attesté du fait que vous aviez tenté, dans un premier temps, de vous soustraire à cette strangulation, mais que, cette tentative étant vaine, vous vous êtes résolu à utiliser votre arme de service. Par ailleurs, des traces de strangulation figurent bien sur votre cou. Nous avons été nombreux à le constater, y compris certains individus placés dans les geôles.

Armand leva les yeux.

— Vu les éléments dont nous disposons, donc, il s'agit finalement d'une tentative d'homicide sur votre personne. Vrai ?

— Vrai, Monsieur.

— Toujours par chance pour vous, les constatations effectuées sur le corps de Defaux ont permis de découvrir, dans l'une de ses mains et dès les premiers instants, un lacet de chaussure dont il s'est servi pour tenter de vous étrangler. À ce propos, Fayet, votre gorge ?

— Cela va mieux, Monsieur, merci, répondit Armand d'une voix rauque.

— Tant mieux, poursuivons. Compte tenu du fait que les témoignages déposés en votre faveur accréditent les constatations et vos déclarations et qu'il apparaît de ce fait que les conditions de la légitime défense sont réunies, j'ai établi mon rapport en ce sens auprès du Procureur de la République, qui a décidé de ne pas déclencher de poursuite judiciaire à votre encontre.

Armand poussa un long soupir. Long, mais aussi silencieux que possible.

— Je ne sais comment vous remercier, Monsieur, répondit Armand humblement, sans toutefois parvenir à décrocher un sourire.

Olivier fit signe de la main, la paume dirigée vers Armand. Il n'était pas homme à se perdre dans d'interminables civilités, y compris et surtout quand il estimait n'avoir fait que son devoir.

— Vous me remercierez en mettant le meilleur de vous-même dans les enquêtes qui vous attendent, vous et vos collègues. Vous n'oublierez pas vos investigations sur le fameux cheval noir étoilé, qui sont restées en suspens, de ce fait.

Armand hocha de nouveau la tête. Olivier reprit.

— Il faudra reconnaître que cet événement aura au moins eu le mérite de nous amener à réfléchir sur de nouvelles règles de sécurité à appliquer concernant ceux que nous plaçons des suspects en geôles – je parle bien sûr de leur faire enlever tout ce qui peut les aider à s'évader ou à agresser les membres des brigades – et de nous avoir éclairés sur les activités de Defaux. Bien qu'il ne puisse plus être poursuivi, nous avons à présent toute latitude pour le relier à certaines affaires dont nous le soupçonnons et peut-être à d'autres qui restent encore à élucider. Mais si, en passant, vous pouviez éviter de refroidir tous nos suspects, Fayet, cela nous arrangerait quand même…

Armand prit un air déconfit.

— Allez, raclez-vous un peu la gorge, levez-vous et faites entrer tous vos collègues qui attendent dans le couloir, nous avons des choses à nous dire, tous.

CHAPITRE 25 - AÏE, MES AÏEUX !

L'ensemble des inspecteurs entra dans la salle de réunion, où le commissaire Joseph Olivier attendait, perché sur l'estrade. Tous s'assirent autour des tables disposées en "U" et attendirent en silence que le chef suprême de leur brigade prit la parole.

— Messieurs, je vous remercie d'avoir été aussi prompts à vous présenter pour cette réunion qui n'était pas prévue dans notre emploi du temps déjà fort chargé. Pour commencer cette réunion sur une nouvelle positive, je vous annonce la réintégration dans nos équipes de Monsieur Armand Fayet dont l'action en légitime défense a été reconnue au moment de la tentative d'homicide dont il a récemment été l'objet.

L'assistance acclama cette nouvelle, qui réjouissait la majorité d'entre eux, tandis que la minorité restante se contentait de manifester un étonnement bienveillant, se joignant cependant aux applaudissements. Chassard et Dubois, qui entouraient Armand, lui assénèrent un léger coup de coude, accompagné d'un clin d'œil, auquel il répondit par un timide sourire. Olivier mit fin à ces acclamations par un geste de la main.

— Nous nous en réjouissons tous, bien entendu, et j'espère que Monsieur Fayet se remettra bien vite de toutes ces émotions. Quel meilleur remède, à ce propos, que de se remettre sans tarder dans le bain ? Nous avons, messieurs, bien du pain sur la planche : les auditions et perquisitions des casiers aux domiciles des "hirondelles" de la Préfecture de la Seine ont été vaines. Cela ne veut pas dire que tous ces policiers soient innocents, mais que notre "Corbeau" est plus malin que nous ne pensions et a réussi à passer entre les mailles du filet pour ne pas être démasqué.

— Pourrait-on demander aux services de renseignements généraux de les surveiller ? osa Lenormand.

— Ne croyez-vous pas qu'ils ont déjà fort à faire ? Il est exclu de placer un inspecteur des brigades du Tigre pour surveiller chaque hirondelle dont Monsieur Lépine a le commandement, ce qui d'ailleurs nuirait à nos nécessaires bonnes relations avec la Préfecture de la Seine.

Rosier adressa à Lenormand une moue blasée.

— Par ailleurs, poursuivit le divisionnaire, aux très nombreuses affaires, dont nous sommes déjà saisis, vient de s'ajouter une nouvelle, qui, en termes de complexité, n'a rien à envier aux autres. Nous avons été réceptionnaires d'une plainte pour empoisonnement. Le plaignant, Monsieur Lauriol, ne trouvant pas d'explication à la soudaine dégradation d'état de santé puis au décès de sa mère, Yvonne Lauriol, a pratiqué lui-même des prélèvements qu'il a analysés, et qui ont révélé une présence étonnamment élevée d'or sur ses cheveux, sur les os, et dans le sang, ce qui suppose qu'elle s'était administrée ou fait administrer de l'or potable et en grande quantité avant sa mort.

Les enquêteurs se regardèrent, interloqués, mais restèrent silencieux.

— Comme vous vous en doutez, nous ne pouvions nous servir de ses seules allégations pour appuyer une enquête, aussi nous avons pris le parti d'accueillir la plainte et de faire procéder à des examens officiels par un médecin légiste, qui a procédé à une autopsie complète et à des examens sanguins, osseux, et capillaires approfondis, avant l'inhumation de la victime. Les résultats sont formels, et ont confirmé, dans l'organisme de la victime, une concentration d'or plus de 500 fois supérieure à la norme, mais aussi la présence de mercure et d'acide nitrique. Or, le médecin de Madame Lauriol était justement son fils, et, selon ses dires, à aucun moment il ne lui a administré de traitement à base d'or, ce qui nous amène à penser que la victime a pris, soit de son plein gré, soit à son insu, mais par un autre biais que son médecin de fils, un traitement régulier, dont nous ne connaissons pas encore la finalité. Ce qui est troublant, c'est que les ressources financières de cette dame, dont elle disposait librement du fait de son veuvage, n'ont à aucun moment été entachées de dépenses ayant la même récurrence. Idem pour les revenus et dépenses du médecin, que nous avons soigneusement passés au peigne fin.

— Mais alors ? Qui pourrait être inquiété ? demanda Chassard.

— Quels sont les symptômes liés à la dégradation de santé de Madame Lauriol ? renchérit Armand.

— Nous y venons, messieurs, nous y venons. Pour mieux resserrer l'étau sur les auteurs de ces empoisonnements, nous allons devoir, et je compte désormais sur vous pour y procéder avec précision et méthode, enquêter sur l'entourage et les fréquentations de cette dame. Prélever et analyser tous ses effets personnels, journal intime y compris, si elle en a un. Parmi les symptômes physiques, nous avons noté : pâleur extrême de la peau, dessèchement et perte massive de cheveux, qui entre-temps se fragilisent de façon visible, saignement des gencives, déchaussement et perte progressive des dents, sentiment de brûlure sur les lèvres, la langue et le visage, abcès buccaux, vertiges, troubles de l'audition, difficultés oculaires, mais aussi arythmies cardiaques, et troubles de la pression sanguine. En tous les cas, et contrairement à ce que nous avions pensé, ces signes de mauvaise santé ne résultent en aucun cas d'une épidémie, mais bien d'actes répétés de malveillance.

Armand blêmit. Ses oreilles se mirent à bourdonner, de plus en plus intensément. Son cœur battit de plus en plus vite. Il respira profondément et se força à écouter la suite du discours du divisionnaire.

— Mais il existe également des symptômes neurologiques et comportementaux, poursuivit Olivier. Je vous cite quelques-uns des symptômes consécutifs à l'altération du système nerveux central par les métaux lourds : irritabilité, peur, nervosité inquiétude sans raison apparente, instabilité émotionnelle, perte de la mémoire immédiate, toutes les sortes d'insomnies, dépression. Quant aux symptômes neurologiques relevés par Monsieur Lauriol, et qui sont, selon lui et le légiste, caractéristiques des perturbations dues au mercure, souvent associé à l'or : fourmillement des mains, accompagnés d'un léger tremblement, un sentiment de brûlure constante avec endormissement des membres inférieurs. Ces derniers signes sont l'annonce d'une aggravation imminente de l'état de santé du malade affecté par la présence de ces métaux lourds, qui amène, dans la plupart des cas, à un inéluctable décès.

A peine eut-il prononcé ces mots qu'on entendit un bruit sourd, au fond de la salle, venant de la fenêtre. Le bruit d'un corps qui tombe lourdement sur le sol. Tous se retournèrent, excepté le divisionnaire, qui avait assisté, les yeux écarquillés, à la progression du malaise de l'inspecteur, lequel gisait à terre, inanimé. On ouvrit en hâte la fenêtre pour renouveler l'air, et deux inspecteurs lui prodiguèrent quelques soins d'urgence. Il revint progressivement à lui.

— Alors, mon bon Fayet, le contrecoup de vos récentes aventures, j'imagine, conclut Olivier. Ne devriez-vous pas vous reposer un peu, en fin de compte ? J'ai bien l'impression que vous prenez tout cela bien à cœur. Il faut vous blinder un peu !

— Monsieur, répondit Armand en articulant avec peine, je crains de ne pouvoir me reposer dans les prochains jours, car nous avons beaucoup plus de pain sur la planche et je suis encore plus impliqué que vous n'imaginez : les symptômes que vous venez d'évoquer étaient présentés par les parents de Diane de la Ribaudière. Son père est décédé il y a maintenant six mois. Sa mère est encore en vie. Tous ces symptômes se retrouvent également sur mes propres parents et sur ceux du commissaire de La Mothe. Si j'en crois ce que vous venez de dire, ils sont tous gravement menacés.

CHAPITRE 26 – AFFAIRES DE FAMILLES

La voiture De Dion-Bouton s'arrêta net devant l'escalier du château du Comte Fayet de Terssac, conduite par Chassard. Les cinq acolytes mirent pied à terre, devant le regard médusé du maître d'hôtel qui, habitué aux calèches, n'avait jamais vu un tel engin autrement que sur photo. Armand se présenta en premier, pour faciliter l'entrée du groupe. Surpris de voir son jeune maître en compagnie de policiers, mais bienveillant, Eugène invita l'équipe à entrer dans le salon, avant d'annoncer au comte, cloîtré dans le fumoir, la présence de son fils. Il frappa à la porte, et entra timidement.

— Monsieur le Comte, votre fils… il attend que vous acceptiez de le recevoir.

— Quel fils ? Je n'ai plus de fils, Eugène. Dites-lui de s'en aller, dit-il en faisant un geste dédaigneux de sa main droite.

— Monsieur le Comte, cela m'a l'air important.

— Qu'il s'en aille !

Armand, qui s'était rapproché entre-temps de la porte du fumoir, força le passage.

— Laissez, Eugène, je vais prendre la suite. Vous pouvez disposer.

Le maître d'hôtel regarda Armand, qui ne l'avait pas accoutumé à prendre tant de libertés. Il regarda le Comte, puis le jeune homme qui lui adressa un hochement de tête pour appuyer sa demande, et se résigna à quitter la salle en s'inclinant respectueusement, avant de se rendre au salon où il proposa une collation aux quatre autres visiteurs.

Devant le silence résigné de son père Armand décida d'entamer la conversation.

— Père…

— Comment osez-vous ? Comment osez-vous franchir le seuil de cette porte, après la conversation que nous avons eue il y a quelques mois ? Comment vous, Armand Fayet qui n'êtes plus rien, et certainement plus un « de Terssac », pouvez-vous prétendre fouler le parquet de cette maison et m'imposer votre présence après votre refus effronté des projets que j'avais pour vous ? Si c'est d'argent dont vous avez besoin, vous pouvez repartir. Vous n'aurez rien. Rien, vous dis-je. Et ne m'appelez plus "père", vous n'êtes plus mon fils.

— Vous m'avez déshérité, je le sais, répondit Armand en souriant. Je n'ai nul besoin de votre argent, mais c'est fort charitable à vous d'y avoir pensé. Pour être plus clair, je ne viens pas parce que j'ai besoin de vous, mais parce que vous avez besoin de moi.

— Plaît-il ? Un homme de mon expérience et de mon influence, avoir besoin d'un freluquet comme vous ? Et je vous ai ordonné de ne plus m'appeler "père" !

— Ce n'est pas parce que je ne suis plus votre fils que vous n'êtes plus mon père, père.

Le vieil homme se leva, hors de lui.

— DE-HORS !

Armand ignora l'injonction et se rapprocha du vieil homme.

— Sérieusement. Vous êtes en danger, vous et maman.

— Cela fait des mois que nous sommes malades, tous deux, vous ne m'apprenez rien, jeune homme !

Il se tourna en direction de la cheminée, où crépitait un feu constant.

— Père, si vous êtes malade, c'est parce que quelqu'un vous a empoisonné, d'une manière qu'il reste à découvrir.

— Il est certainement trop tard ! À présent, jeune homme, quittez cette maison, et que je ne vous revoie plus !

— Monsieur, que vous ayez décidé de ne pas comprendre et de vous abandonner à la mort vous regarde, et vous êtes seul maître, mais vous ne m'empêcherez pas de tenter au moins de sauver ma mère !

— Mais que se passe-t-il, ici ?

Une silhouette frêle se dessinait dans l'entrebâillement de la porte du fumoir. La comtesse, habillée seulement d'une robe de chambre de laine cachemire et de soie, aperçut soudain son fils. Malgré le peu d'énergie qui lui restait, elle trouva le moyen de s'avancer à sa rencontre, et de le prendre dans ses bras.

— Armand, que faites-vous là ? Et qui sont ces hommes dans le salon ?

— Maman, ce sont mes collègues. Je fais à présent partie des futures brigades du Tigre.

— Du Tigre ? Georges Clémenceau ? Vous êtes au service d'un homme qui est en train d'assécher la noblesse, et qui…

— Je suis au service d'un homme dont les troupes font tout ce qui est en leur pouvoir pour protéger les citoyens, et, plus précisément aujourd'hui, de vous sauver, maman. Nous avons de bonnes raisons de penser que vous êtes empoisonnés, vous et papa.

On frappa à la porte. La comtesse regarda sa montre en hâte.

— Entrez, Marie.

Une jolie brune entra. Le chignon parfait, la silhouette élancée et fluide, la démarche souple, elle restait tout aussi irréprochable qu'au moment où elle était entrée au service de la famille. Elle portait un plateau d'argent où trônait un bol et une soupière en porcelaine blanche portant un simple liseré doré.

— Votre potage, Madame.

— Merci Marie, vous pouvez disposer.

Marie fit une courte révérence, et quitta la salle après avoir jeté un regard furtif à la comtesse et à son fils.

— Empoisonnés ? Comment cela ?

— La manière reste à déterminer, maman, mais cela est certain. Le père de Diane est probablement décédé de la même cause, et sa mère est malade, également. Leurs symptômes sont les mêmes que les vôtres, et ils sont caractéristiques d'une intoxication au mercure, et à l'or.

La comtesse fronça les sourcils.

— À l'or, dites-vous ?

— Oui, pourquoi ?

— Venez avec moi.

— Madeleine ! souffla le comte.

— Mon ami, l'affaire est sérieuse, suffisamment en tous les cas pour que je coopère, et vous invite à faire de même, rétorqua la comtesse fermement, comme dopée par la présence de son fils qu'elle n'avait pas revu depuis des mois.

Elle prit Armand par la main, et l'attira le long du couloir, en direction du grand escalier, qu'ils franchirent, aussi rapidement qu'ils le purent. La comtesse ralentit sa cadence au milieu de l'escalier, s'arrêta pour reprendre sa respiration, puis reprit son ascension. Vint enfin le palier, offrant à nouveau un long escalier, et, à gauche, une porte qui menait sur la suite de la châtelaine. Ils entrèrent dans la chambre même. Madeleine se dirigea sans hésiter vers sa coiffeuse, dont elle tira un par un tous les tiroirs. Elle en retira divers pots de crèmes cosmétiques à usages variés : crème de jour, de nuit, sérum de jeunesse, crème pour les mains, baume capillaire.

— Eh bien, soupira Armand, je savais que les dames étaient coquettes, mais j'ignorais tout de leurs artifices, à l'exception de leur maquillage. À quoi tout cela correspond-il ?

— Tous ces cosmétiques sont des produits contenant des actifs anti-âge très puissants. Le principal de ces actifs est l'or, réputé pour conserver sa jeunesse à celle ou celui qui l'utilise.

Armand observa, sur le couvercle nacré rose de chacun des pots de crème cosmétique, le dessin doré de deux D, l'un dans le bon sens, l'autre retourné, reliés par une courte barre horizontale.

— À quoi ce dessin correspond-il, mère ?

— Deux "D", reliés par un "H", Armand, vous ne voyez pas ? Diane et Henri. Ces produits sont ceux de l'industrie cosmétique d'Henri de la Ribaudière, le défunt époux de Diane…

— C'est donc Diane qui a donné son nom à ces cosmétiques ?

— Oui… et non. L'histoire des *"Secrets de Diane"* est un peu plus complexe, Armand. Henri de la Ribaudière venait de racheter une industrie cosmétique en perdition quand il s'est fiancé à Diane. Il s'est appuyé sur les connaissances d'Éléonore, la tante de ta fiancée, pour sélectionner les actifs « antivieillissement » des produits. Puis il a engagé des scientifiques qualifiés pour concevoir une formule vertueuse et sans effet secondaire à base d'or. Le choix de ce métal a été fait en référence à l'histoire de Diane de Poitiers, qui était déterminée à paraître jeune le plus longtemps possible, persuadée d'être l'incarnation de la déesse romaine de la chasse. Dans l'Histoire de France, Henri II avait fait élaborer un dessin semblable à celui que tu vois sur les couvercles de ces pots de crème, pour honorer sa relation avec Diane de Poitiers, alors veuve de Louis de Brézé, et devenue sa maîtresse. Son épouse, Catherine de Médicis, en avait pris ombrage, et avait fait allonger la courbe de chaque "D" pour donner deux "C" liés par un "H". Henri II mort, Catherine a chassé Diane de Poitiers de la cour. La sénéchale s'est réfugiée dans son château d'Anet, mais continuait de boire cette fameuse potion à base d'or. Malheureusement cet or potable, confectionné par un alchimiste, était finalement très nocif et n'avait fait qu'altérer sa santé, jusqu'à provoquer la mort.

Armand marqua un temps d'arrêt. Ce logo avait un air singulier de déjà-vu.

— Henri de la Ribaudière connaissait donc l'Histoire de Diane de Poitiers. Je comprends mieux cette fascination de Diane de la Ribaudière pour elle.

— Nous savons en tous les cas qu'Henri était persuadé d'avoir gagné son pari : confectionner un produit réellement efficace et inoffensif. Cependant si ce que vous dites est vrai, quelque chose nous échappe, et il faut que nous arrêtions, votre père et moi, d'en user.

— Il le faut. De toute urgence. A propos, maman, comment était-elle, cette Eléonore ?

— Une femme originale, marginale même, très incomprise de l'ensemble de sa famille, mais très proche de Diane, qui l'a prise pour modèle et a ainsi affirmé sa personnalité. Eléonore était un peu la « sorcière » de la famille, férue d'herbologie, de science des métaux et des actifs naturels, des para-médecines…

— Je vois. Une sorte de « renégat ». Et Henri de la Ribaudière, comment est-il est-il décédé ?

— Simple crise cardiaque. Pourquoi cette question ?

— Simple curiosité. Les conditions de sa disparition m'étaient inconnues. Me voilà renseigné. Maman, je dois absolument emporter tous les flacons, tous les pots que vous détenez et qui émanent de cette firme pour que vous ne soyez plus tentés de les utiliser, mais aussi pour les besoins de l'enquête.

— Amenez vos amis à l'étage, je vais parler à votre père, cela vaudra mieux, et nous aurons plus de chance d'obtenir sa coopération.

— Laissez, maman, je dispose de plus d'éléments que vous pour argumenter.

— Armand, mon chéri, vous êtes effectivement mieux placé, mais vous êtes un effronté, et vous avez le don de mettre votre père hors de lui. Laissez-moi faire, je vous prie.

Les inspecteurs prélevèrent quantité de flacons, de pots de crèmes portant le fameux logo "DHD", non sans gêne pour Armand, qui se sentait finalement coupable de fouiller ainsi les affaires de ses parents, et à plus forte raison celles de sa mère. À cette occasion, ils découvrirent aussi que le comte détenait également quelques pots de soins spéciaux pour homme, de la même marque et de la même gamme "or", que les inspecteurs se sentirent en devoir d'emporter. Quand ce fut chose faite, ils obtinrent, non sans peine, l'accord du vieux comte pour procéder dans les meilleurs délais aux examens médicaux. Le restant de la journée fut consacré à l'étude approfondie de leurs habitudes quotidiennes et sur leur entourage.

Il faisait presque nuit quand ils quittèrent le domaine des parents d'Armand, leurs carnets remplis de renseignements dont ils ne connaissaient pas, sur l'instant, l'utilité future.

— Dites, proposa Lenormand, cela vous intéresserait, une grillade ?

Les autres saluèrent avec enthousiasme cette perspective qui leur mettait déjà l'eau à la bouche. Armand réfléchit et se pencha vers le conducteur.

— Je crois que je la dégusterai encore mieux quand j'aurais posé quelques questions à un de mes amis. Fais demi-tour, Chassard, nous allons à Bois-le Roi !

CHAPITRE 27 – LA NUIT, TOUS LES CHATS SONT GRIS

Trois heures du matin.

La lune était pleine, éclairant d'une douce lumière bleutée le balcon et la chambre tout entière, où "la cible" dormait. Quelques cercles à vide, afin de prendre vitesse et élan, et le grappin, enfin lancé, accrocha la balustrade de pierre. Le lanceur s'assura de la solidité de son appui, et entama son ascension par le côté droit du balcon. Cet angle mort lui permit d'enjamber les balustres sans risquer d'être remarqué depuis la chambre. Même en cette fin d'été, la chaleur était étouffante. L'hôte avait laissé les volets ouverts et la porte-fenêtre entrebâillée, afin de laisser l'air circuler. Une chance supplémentaire pour la mystérieuse silhouette noire de profiter de l'effet de surprise. Tel un félin, elle s'approcha silencieusement du lit, où dormait l'hôte à poings fermés. Allait-elle ou non le faire ? Était-ce nécessaire ? Mais soudain, le curieux visiteur se décida : "la cible" avait brusquement ouvert les yeux. La question ne se posait plus. Il appliqua la compresse imbibée de chloroforme sur le visage de son hôte, qui referma les yeux au bout de courts instants.

Quand le dormeur revint à lui, il se trouvait assis sur le voltaire de sa chambre, les bras attachés aux accoudoirs, les pieds à ceux du majestueux fauteuil. Une pelote de tissus dans la bouche, fermement tenue par une cravate, l'empêchait d'émettre le moindre son.

— On se tient tranquille, et on parle à voix basse, vu ?

La voix était grave, le ton impératif. L'hôte acquiesça d'un hochement de tête.

— Un bon début, nous allons nous entendre, conclut le visiteur en tapotant l'épaule de son prisonnier.

Le visiteur plaça son poignard à la base des parties génitales de l'hôte qui se figea, et ôta le bâillon.

— Maintenant, dis-moi où est l'or ?

— Je... je n'en ai pas chez moi...

— Où est-il ?

— Je le fais livrer directement chez mes clients.

— La liste de tes clients ? Et leur adresse ?

— Dans ma serviette en cuir, dans mon armoire, dit l'hôte en montrant le meuble situé au fond de la chambre.

Le visiteur remit le bâillon dans la bouche de son hôte, et alla chercher la serviette. Il en fouilla le contenu, et tira une liasse de papiers, qu'il prit le temps de lire attentivement, depuis le début, jusqu'à la fin.

— Intéressant...

Puis, après avoir ôté à nouveau le bâillon :

— "Les secrets de Diane", qu'est-ce, au juste ?

— Une industrie qui produit des cosmétiques à base d'or, notamment.

— Un gros client ?

L'hôte acquiesça.

— Il n'a qu'un point de livraison ?

— Non, deux. Le premier est l'usine cosmétique. Le second est une distillerie.

— Une distillerie ? Son adresse ?

— Je ne l'ai pas en tête. Vous la trouverez à la fin de la liasse.

— Pourquoi ces prix ?

— Ils sont négociés ainsi, avec le commissionnaire...

— Quel commissionnaire ?

Le visiteur se faisait de plus en plus menaçant.

— Il... Il se nomme Defaux. Georges Defaux. C'est un courtier en métaux précieux.

— Pourquoi un courtier ?

— Un négociateur. Mon but est d'agrandir ma marge bénéficiaire, comme toutes les entreprises. J'ai fait appel à Defaux pour qu'il négocie un meilleur prix avec le client. Et ce client fonctionne à flux tendu, pour éviter les frais de stockage et les vols. Il passe ses commandes afin de les recevoir juste avant de transformer l'or pour l'intégrer par la suite dans sa préparation cosmétique. Mais la réservation d'un créneau horaire de livraison a un coût, qui demeure plus faible que le stockage et les vols de la matière. C'est sur cette base que Defaux négociait les prix de l'or.

— "Négociait" ?

— Il est mort, aux dernières nouvelles…

— Son adresse ?

— Je l'ignore.

— Qui te passe commande, dans cette firme ?

— La patronne de l'entreprise.

Le visiteur marqua un temps d'arrêt.

— D'autres gros clients ?

L'hôte fit un signe négatif.

— C'est le plus important. Libérez-moi, je vous en supplie, pleura l'hôte.

Le visiteur fit mine de réfléchir, sourit, replaça le bâillon dans la bouche de son hôte, et plaça dans sa main le coupe-papier qui trônait sur le bureau.

— Débrouille-toi avec ça, et bon courage, rétorqua le visiteur en lui adressant un clin d'œil et une tape sur l'épaule.

Puis il regagna le balcon, et disparut dans la nuit.

CHAPITRE 28 – DIABOLA

Septembre 1907, Bois-le-Roi.

Armand arriva, en compagnie de ses quatre compagnons, sur le terrain consacré au concours complet d'équitation où se déroulaient les épreuves de dressage, de saut d'obstacle, et de cross. Leur voiture garée en retrait, ils traversèrent le dédale de véhicules dévolus au transport des chevaux et les enfilades de boxes où reposaient les montures entre deux épreuves. Certains cavaliers prenaient le temps d'observer les couples effectuant leur épreuve de dressage, tandis que d'autres détendaient leurs chevaux avant d'entrer sur le terrain de sauts d'obstacles.

Tous rivalisaient d'élégance : haut de forme, redingote et jabot de dentelle pour les cavaliers de dressage, bombe et veste courte pour ceux qui s'engageaient sur les hauteurs, selles assorties à la couleur du cheval, tapis de selle portant les armoiries du haras qu'ils représentaient, étriers, éperons et harnachements rutilants. Armand atteint les boxes des chevaux lui appartenant, et qui se trouvaient à l'intérieur de l'écurie. Une forte odeur les accueillit dès leur entrée, mais les inspecteurs n'y prêtèrent pas attention, impatients de découvrir les protégés de leur collègue. Parvenu à hauteur de son box, Armand sourit à sa jument, lui caressa l'encolure. Olympias secoua la tête, puis vint chercher dans le creux de sa main le morceau de pomme qu'il lui avait préparé, non sans s'être assurée que cette odeur lui était familière. Elle happa le morceau de pomme, puis la mâcha longuement.

— Je vous présente ma championne, dit Armand à ses compagnons. Ma gagneuse de grands prix. Depuis ses débuts au printemps dernier, elle a à son actif quinze parcours d'affilée sans renverser une seule barre, sans le moindre refus, et avec les meilleurs temps. Une partenaire généreuse, et adorable. N'est-ce pas, ma belle ?

Olympias bougea les oreilles, les redressa, et chercha à nouveau une friandise dans le creux de main de son maître, mais, n'y trouvant rien cette fois, souffla bruyamment en secouant la tête de droite à gauche, tel un reproche clairement adressé à son maître, ce qui fit rire les inspecteurs.

— C'est ton cheval de concours ? demanda Chassard.

— C'est l'un de mes chevaux de concours. Depuis ce bout de l'écurie jusqu'ici, la rangée m'appartient. Ils sont montés par moi et par deux autres cavaliers.

Dubois émit un sifflement.

— Mazette, je m'incline devant une écurie aussi développée ! Mes respects, votre seigneurie, conclut Dubois.

— Monsieur de La Fayette est donc véritablement bien loti, se moqua Chassard.

— Mon cher Chassard, si tu m'appelles encore une fois "Monsieur de La Fayette", je ne réponds plus de ma cravache.

Un homme très mince aux cheveux grisonnants, entra dans l'écurie.

— Monsieur de Terssac, bonjour, dit-il, j'ai appris que vous me cherchiez l'autre soir. Je vous prie de bien vouloir m'excuser, mais j'étais sorti pour affaire.

Armand lui sourit avec bienveillance.

— N'ayez crainte, Firmin, vous n'avez pas à vous excuser, je ne vous avais pas prévenu de ma visite.

— Que puis-je pour votre service, Monsieur ?

— En vérité, j'ai juste besoin d'un petit renseignement. Je souhaite diversifier mon écurie, et à me lancer dans la reproduction et l'élevage de chevaux de dressage, mais j'ai des critères bien particuliers.

— Je vous écoute ?

— Je recherche un cheval avec des allures très aériennes, assez massif, mais sans excès, très expressif, un peu le style d'une race espagnole, et noir de préférence.

— Pour le dressage, dites-vous ? À moins de tomber sur un selle français noir, mais c'est plutôt rare et ils sont assez fins et inconfortables pour le dressage, la seule option qui vous reste, pour avoir un cheval noir avec des allures "à l'espagnole", c'est ce que nous appelons les Perles Noires...

— Les perles Noires ?

— Ou les frisons, c'est la même chose. Que souhaitez-vous : entier ou jument ?

— L'un et l'autre.

— Alors il faudra au moins que, s'il n'est pas encore reconnu étalon, votre entier soit complètement noir. S'il présente la moindre pelote ou liste, il ne pourra pas être reconnu étalon.

— Je sais ce détail, oui. Par quel réseau puis-je m'en procurer ?

— Les perles noires sont originaires d'une province des Pays-Bas. Le plus sûr est de vous y rendre, mais cela vous fera un long voyage. De plus, j'en ai vu traîner dans les environs. Ils ne vont pas être donnés, mais il y a de beaux produits. Vous pouvez aussi réserver un poulain et le débourrer plus tard pour le faire à votre main, ou acheter une jument avec de bons papiers et la faire saillir. C'est dommage que vous soyez arrivés après l'épreuve de dressage, il y en avait une parmi les concurrents.

— De quel côté est-elle partie ?

— Du côté des écuries extérieures, celles qui sont en bois.

— N'y a-t-il pas de haras spécialisé, dans la région ?

— Non, aucun. Les éleveurs se diversifient de plus en plus, vous savez...

— Cela m'arrange. Je vais voir du côté des écuries en bois.

— Je vous accompagne.

Ils parcoururent le terrain, chacun scrutant attentivement les environs proches et les abords des terrains d'obstacles. Mais aucune Perle Noire ne se présenta à leurs yeux. Ils se préparaient à regagner Paris quand le président du jury de l'épreuve de saut d'obstacle annonça l'entrée en piste d'un nouveau cavalier :

— Le numéro neuf : Diane de la Ribaudière en piste, avec "Grand Orient", pour le Haras du Diable, annonça le président du Jury.

Tous tournèrent la tête en direction du terrain du parcours d'obstacles, et se rapprochèrent pour mieux profiter du parcours. L'allure était vive, l'impulsion régulière, le tracé propre, sans la moindre hésitation. Cheval et cavalière, en bonne entente manifeste, semblaient mus par une énergie et une infinie légèreté. Les abords bien construits, la foulée correctement calculée et mesurée, assuraient des sauts francs et aisés, des enchaînements et des virages courts mais harmonieux. Le couple réalisa un parcours sans faute.

"Quels progrès elle a accomplis" pensa Armand.

Son regard fut attiré par un détail sur son tapis de selle noir. Brodé au fil doré, un dessin représentant un mors de type "Verdun" se détachait nettement. Le même dessin qu'il avait vu sur le tapis de selle du mystérieux cavalier noir, quand lui et ses compagnons avaient voulu reconnaître les lieux où la messe noire annoncée par l'"Hirondelle" devait avoir lieu. Mais le cheval était Alezan. Un "selle français" certainement. Aucune confusion possible avec le cheval du cavalier fantôme.

— Firmin, dites-moi, à quoi correspond ce mors "Verdun" dessiné sur le tapis de selle de la cavalière ?

Firmin regarda, pencha la tête, puis fronça les sourcils.

— Mais, Monsieur de Terssac, il ne s'agit pas d'un mors "Verdun", mais du logo du Haras du Diable. Un H et deux "D" collés, dont le premier est inversé. C'est ainsi que l'a rebaptisé la nouvelle propriétaire, quand elle l'a acheté.

"Un "H" et deux "D" dont un est inversé... le même signe que sur ces fichus pots de crème cosmétique !" pensa Armand.

Il s'inclina brièvement, et fit signe à ses compagnons de le suivre. Tout en gardant leurs distances et faisant mine de se promener, ils ne quittèrent pas la cavalière des yeux. Celle-ci contourna les écuries en bois, puis les établissements abritant les chevaux de concours d'Armand, avant de rejoindre un autre bloc de boxes construits "en dur". Diane arrêta son cheval, passa sa jambe droite par-dessus sa croupe, puis se laissa glisser jusqu'au sol. Elle ôta la bombe de sa tête, secoua ses cheveux et défit son chignon, puis déposa casque et catogan à résille sur le tréteau se trouvant le long des écuries avant de se saisir des rennes pour faire rentrer son cheval dans le box. Alors qu'elle était occupée à libérer l'animal de son harnachement, Armand en profita pour se saisir de la bombe, puis du catogan. Il gratta l'un et l'autre avec ses doigts et en retira une fine mèche de cheveux qu'il enroula autour d'elle-même avant de la glisser discrètement dans un sachet spécialement conçu pour les prélèvements destinés aux analyses de police scientifique, sachet qu'il plaça à son tour dans sa poche. Puis il remit le catogan dans le casque qu'il redéposa sur le tréteau.

Il hésita à la saluer. Peut-être avait-elle remarqué leur présence ? Elle trouverait alors suspect s'ils s'éloignaient. Mais elle semblait véritablement attentive aux soins à prodiguer à son cheval. Il se recula discrètement, et fit signe à ses compagnons de passer derrière le bâtiment. Diane ne tarda pas à achever ses soins et regagna les alentours des pistes. Les cinq inspecteurs se rapprochèrent du bloc de boxes réservés au Haras du Diable.

Lenormand guetta les environs, afin de prévenir les autres d'un éventuel retour de la propriétaire, tandis que les autres inspectaient chacun des boxes, sur le devant desquels une pancarte désignait le nom et l'appartenance des montures. Dubois passa distraitement devant l'un des boxes qui semblait vide, et sur la porte duquel trônait une plaque portant le nom du cheval, "Diabola", accompagné d'un dessin semblable à celui qui figurait sur le tapis de selle des chevaux de Diane. Mais, après l'avoir dépassé, Dubois se rappela avoir aperçu du coin de l'œil une lueur briller dans l'obscurité. Il revint aussitôt sur ses pas. Dans l'ombre, allongée mais l'encolure relevée, la bête venait de tourner sa tête en direction du visiteur.

Une masse sombre se releva aussitôt et révéla à la lumière du jour une bête majestueuse.

La tête fine, gracile d'une jument idéalement faite pour les disciplines d'allure, l'encolure naturellement courbée.

Une jument noire, avec une étoile blanche sur le front.

CHAPITRE 29 – HIRONDELLES OU TOURTEREAUX ?

En cette douce soirée, la lune, pleine aux deux tiers, éclairait la ville et ses toits, comme pour inviter les Parisiens à prolonger un été qui semblait ne plus en finir. Paris était calme. On entendait, au loin, quelque musique issue d'une joyeuse taverne, où un groupe de gais lurons chantait à tue-tête.

Que Paris était belle, vue de cet appartement de Montmartre, d'où l'on croyait dominer le monde ! Et qu'elle semblait touchée de cette éternelle quiétude qui fait le bonheur des tourtereaux. De sa fenêtre, il se laissa aller à une douce contemplation des toits parisiens, soudain renforcé par cette nouvelle certitude. C'était elle. Cette femme endormie, allongée à ses côtés tout à l'heure, était bien celle qui lui était destinée. Elle, et personne d'autre. Quand, enfin, elle se déciderait à se laisser enlever par lui, à se laisser libérer, il l'emmènerait quelque part où elle serait hors d'atteinte, quelque part où elle n'aurait plus de compte à rendre, où elle serait toute à lui, et rien qu'à lui.

Deux hirondelles, enfin, ensemble. Lui, humble policier de la Préfecture de la Seine, assurant sur son vélo les revenus du ménage, elle, maîtresse de maison modeste mais honnête, délivrée de son passé d'hirondelle de fenêtre, sortie de cet enfer de la luxure, des clients exécrables et des pressions des maquerelles. Il arriverait bien, à force de persévérance et de volonté, à remplir des missions plus prestigieuses. Pourquoi pas au sein des agents Berlitz, que le Préfet Lépine projetait de mettre en place bientôt, lui qui parlait plusieurs langues ? La fluviale ? Non. Mais les brigades du Tigre, pourquoi pas ? Ou la brigade des renseignements généraux. Une pléthore de possibilités s'offrait à lui, pour sortir de cette situation asphyxiante. Non, plus d'hirondelle. Juste deux oiseaux perdus au milieu d'une infinité d'êtres humains.

Deux tourtereaux, libres comme l'air. Si seulement elle se livrait davantage… elle semblait l'aimer, elle aussi… ou, en tous les cas, éprouver une certaine affection. Comment pourrait-il rêver qu'une femme lui montre quelque passion, à lui, un jeune homme au physique si disgracieux ? Mais pourquoi ce sourire, pourquoi ce silence tout à l'heure, quand il lui parlait de l'arracher à ce monde ingrat ? Pourquoi ce regard indécis, ce geste si doux, cette caresse sur sa joue, comme si elle voulait le consoler de quelque chose ? Comment savoir ce qu'elle ressentait véritablement, au fond d'elle-même ? Elle semblait si légère, si insouciante. A l'image de cette hirondelle tatouée à la naissance de sa nuque, elle semblait survoler le monde, sans que rien ne puisse l'atteindre véritablement.

Un journal ? Tenait-elle un journal ? Oserait-il en lire une partie, juste pour savoir, juste pour se rassurer, juste ce qui les concernait ? Non il ne fallait pas. Mais tiendrait-il une journée de plus sans savoir, sans certitude ? Combien de temps encore pourrait-il assumer tant d'ambiguïté ? Il lui suffirait de quelques mots pour continuer d'avoir la force d'avancer. De l'espoir, oui, il en avait besoin. Une sorte de "carburant" spirituel, sentimental. Quelques mots suffiraient… une seule pensée, un aveu exprimé sur le plus insignifiant des cahiers. Il avisa le petit bureau placé au fond de la chambre. Le tiroir… il y aurait certainement quelque chose dedans. Il l'ouvrit délicatement, sans faire le moindre bruit, et en tira une petite pile de lettres. Pas de cahier, pas de journal. Juste des lettres. Des billets de ses sœurs, de sa tante. Des mots doux de certains clients. Allons donc, pas le moindre mot pour lui ? Et les lettres qu'il lui avait envoyées, qu'en avait-elle fait ?

"Du papier à lettres, enfin. Tiens, une enveloppe ! Une lettre vraiment très courte. Voyons ce qu'elle dit, et à qui ? Ah… commis-

saire Olivier. Brigade Criminelle de la Seine. À quoi est-elle donc mêlée ?"

La lecture de ce billet le figea.

"*Cher Monsieur le Commissaire,*

Rendez-vous à 23 heures, au prochain soir de pleine lune, dans la maisonnette bâtie près du Lac de Bois le Roi. Une nouvelle séance occulte. Une autre personne y sera sacrifiée. Encore une fois, prévoyez du monde. Et faites en sorte que votre repérage soit discret, cette fois...

Bonne chance, et surtout bon courage, vous aurez fort à faire...

L'Hirondelle"

CHAPITRE 30 – UN PARFUM D'ÉVIDENCE

Le Commissaire divisionnaire Olivier examina attentivement les derniers résultats du laboratoire d'analyses médico-judiciaire.

— Je crains, Messieurs, que le doute ne soit plus permis, et qu'il devient impératif de procéder à l'arrestation de cette personne.

La Mothe ne cacha pas son dépit.

— Qu'elle soit en bonne santé ne prouve rien, à mon sens, nous devrions au contraire nous en réjouir pour elle. Je suggère que l'on attende d'avoir des éléments plus solides et plus parlants qu'une simple preuve de bonne santé.

— Malheureusement, Monsieur de la Mothe, le résultat des analyses dont il est question ne fait que compléter un faisceau de présomptions qui s'appuient sur d'autres constatations tout aussi solides. Je me demande bien ce qu'il vous faut de plus…

— Et si c'était dû au hasard ? Ou à une machination ?

— Allons donc, La Mothe ! La théorie du complot ne tient pas debout ! Revenez un peu sur terre, je vous prie.

Puis s'adressant à Armand et ses acolytes :

— Vous avez mon accord, Messieurs, allez-y. Séparez-vous en deux équipages, on ne sait jamais…

Armand, Chassard, Dubois, Lenormand et Rosier quittèrent la pièce de bureau du divisionnaire sans dire un mot. En passant, Armand croisa le regard de son ami La Mothe. Un regard glacial, lourd de reproches.

Le voyage fut long et silencieux… Seuls les ronronnements de moteurs des Dion-Bouton venaient rompre la monotonie d'une route dont les inspecteurs connaissaient par cœur les forêts en enfilade, les rochers, les chemins croisant la route principale et qui menaient aux bourgades campagnardes. Les couleurs automnales pourtant chatoyantes des arbres qui longeaient leur itinéraire, ne parvenaient pas à rendre leur entrain aux cinq joyeux compagnons. Malgré la perspective d'avoir élucidé, très certainement, une grave affaire d'homicides à multiples facettes, l'ombre d'un doute demeurait dans leur esprit. Et si... ?

Ils longèrent la haie de bouleaux qui les menait au château. Les voitures garées, les inspecteurs prirent un peu de recul, afin d'observer l'ensemble du bâtiment. Quelques lumières étaient allumées : celle des cuisines, au sous-sol, et qui filtrait à travers les fenêtres de verre dépoli, celle du salon, au rez-de-chaussée, ainsi que celle, au deuxième étage et à l'arrière du château, de la chambre de la châtelaine. Ils se reculèrent encore un peu... une ombre féminine en robe d'intérieur arpentait la pièce de long en large, à proximité de la fenêtre, des papiers en mains. Elle s'arrêta, prit sa tête entre ses mains et la secoua. Puis elle saisit brusquement un vase qu'elle lança de toutes ses forces à l'autre bout de la pièce, dans un fracas largement perceptible du dehors. Elle posa les papiers, et reprit sa tête entre ses mains. Les inspecteurs se décidèrent à frapper à la porte.

— Police ! Ouvrez !

À l'étage, l'ombre de Diane s'immobilisa, tétanisée.

Le maître d'hôtel ouvrit, placide.

— Que puis-je pour vous, Messieurs ? Monsieur Fayet de Terssac ? Vous ici ?

— Bonjour, Hubert. Nous venons voir Madame de la Ribaudière, répondit Armand d'un ton impératif.

— Je vais la prévenir de votre visite, Messieurs.

— C'est inutile, Hubert, nous allons monter la voir.

Le maître d'hôtel haussa légèrement le ton.

— Messieurs, en ce moment avancé de la journée, ce serait inconvenant ! Faites-moi confiance, je vais avertir la maîtresse de maison qui vous recevra certainement sans délai quand elle aura passé une tenue vestimentaire appropriée. Je vous prie de bien vouloir attendre dans le vestibule.

Chassard regarda Armand et lui adressa un signe d'approbation. Mieux valait faire les choses en douceur.

Diane descendit cinq minutes après, vêtue cette fois d'une longue robe aux couleurs habituelles : noire, avec un peu de blanc, et rayée de fil d'or.

— Bonsoir, Messieurs, que puis-je pour vous ?

Chassard prit la parole. Mieux valait ne pas braquer la dame.

— Bonsoir Madame, nous vous prions de nous excuser pour le désagrément causé, mais nous avons besoin de vous poser un certain nombre de questions.

— Fort bien, veuillez vous installer, je vais faire apporter des boissons chaudes.

— C'est inutile, Diane, intervint Armand. Nous vous demandons de nous suivre jusqu'à nos locaux. Cela vaudra mieux.

— Et pourquoi cela, je vous prie ?

— Nous y serons en possession de tous les éléments sur lesquels nous avons besoin de réponses. Mais d'abord, je voudrais que nous éclaircissions un point : quand nous sommes arrivés, vous sembliez bien en colère. Pourriez-vous nous expliquer la raison de tant d'émoi ?

— Armand, il est certaines affaires privées que rien ne m'oblige à évoquer devant vous.

— Sont-elles importantes au point de lancer un vase à l'autre bout de votre chambre ?

— Monsieur Fayet de Terssac, je suis ici chez moi et je passe mes nerfs sur ce qu'il me plaît, du moment que je ne les passe pas sur les personnes. D'autres questions indiscrètes à poser ?

— Oui, mais plus tard, quand nous serons rendus dans nos murs, Madame. Auparavant, nous allons faire un tour dans vos appartements, nous avons certaines choses à vérifier.

Ils montèrent tous les six au second étage. La chambre était coquette, confortable. Tout y était soigneusement rangé. Les inspecteurs fouillèrent le bureau, l'armoire, les placards. Pas le moindre indice qui puisse être directement lié à leur enquête.

— Les papiers que vous aviez en main, tout à l'heure ? Où sont-ils ?

— Quels papiers ? Et combien de temps va durer votre interrogatoire ? J'ai à faire…

— Cela dépendra de vos réponses. Peu importe, nous reviendrons les chercher plus longuement après l'interrogatoire. Veuillez nous suivre, Madame.

Diane enfila un léger manteau, et suivit les inspecteurs, non sans adresser un regard appuyé à son maître d'hôtel.

QUATRIÈME PARTIE

CHAPITRE 31 – DILEMME

C'était donc elle, le corbeau ! C'était donc celle qu'il avait choisie, une personne sur laquelle il avait fondé tant d'espoirs. Comment savait-elle ? Jusqu'où était-elle impliquée dans l'affaire des "castratrices" ? Agissait-elle seule ? D'où tenait-elle ces informations ? Un inspecteur serait certainement plus habilité que lui pour lui poser toutes ces questions, mais s'il évoquait cette lettre devant les autorités, elle aurait certainement des ennuis judiciaires. S'il la laissait faire, elle courait le risque d'être démasquée par ceux qu'elle dénonçait et de disparaître pour toujours.

Sous ses pieds, les pédales de sa bicyclette se faisaient lourdes. Philippe Defresne continuait son chemin dans les rues parisiennes, déchiré entre son désir brûlant de connaître, enfin, le bonheur avec celle qu'il aimait, de la protéger, et son devoir de policier, de citoyen, même. Tout en tenant le guidon de sa main gauche, il plongea l'autre dans sa poche, serrant la lettre que Marie-Anne avait écrite. Au pire, elle lui demanderait des explications sur ce qu'il en avait fait. Mais au moins, pour le moment, elle était protégée : la lettre n'étant plus en sa possession, sa dulcinée ne pouvait plus être confondue par ses pairs. A moins qu'elle n'écrive une autre lettre, qui pourrait la perdre. Il se sentit responsable d'elle.

La responsabilité. Un poids insupportable. S'il ne révélait pas ce qu'il savait du fameux "corbeau" dont on parlait dans tous les rangs de policiers, on ne pourrait jamais en savoir plus sur les informations qu'il détenait, et les castratrices pourraient continuer de tuer en toute impunité. Il en serait personnellement responsable. S'il parlait, il pouvait être révoqué pour avoir fréquenté le milieu de la prostitution, et alors, adieu, les rêves de bonheur, les possibilités d'évoluer, d'avoir un métier valorisant, une jolie petite maison, une femme reconnaissante de l'avoir sauvée de l'enfer. Mais au fond, peut être serait-elle plus en sécurité, même en état d'arrestation, dans les locaux de la police que si elle restait dans ce milieu. Ne bénéficierait-elle pas d'une protection, si elle témoignait ? Si elle coopérait, elle pourrait, pour de bon, changer d'identité, de nom, trouver un emploi digne d'elle et sur lequel plus personne ne pourrait trouver à redire. Elle pourrait devenir officiellement sienne, et commencer une nouvelle vie.

Ses pensées le menèrent devant les locaux de la Section Criminelle de la brigade mobile. Il posa son vélo à l'extérieur du bâtiment et s'y présenta, demandant à être reçu par le commissaire en charge de l'affaire dite "des Castratrices". C'est hésitant et honteux qu'il évoqua sa situation à Louis de La Mothe.

Le Commissaire écouta attentivement, en joignant ses mains devant son visage, en guise de prière. Sans faire la moindre remontrance à Defresne, il appela deux inspecteurs dans son bureau.

— Messieurs, allez à cette adresse chercher cette personne, le plus discrètement possible, et ramenez-la-moi. C'est de la plus haute importance. Faites prestement, je vous prie.

L'inspecteur Rosier lut l'adresse et redressa la tête, déconfit. Il objecta :

— Mais Monsieur, arrêter une personne à Paris, le fief de la Préfecture de Police ?

— Nous nous arrangerons avec Monsieur Lépine. J'en fais mon affaire.

Les inspecteurs sortis de son bureau, La Mothe fixa Defresne longuement. Après de très longs instants, il prit enfin la parole.

— Dieux du ciel, jeune homme, réalisez-vous dans quel embarras vous vous êtes fourré ? Mais quelle mouche vous a piquée d'aller vous acoquiner avec une prostituée ?

— Monsieur, s'il vous plaît, regardez-moi. Regardez-moi bien, et dites-moi honnêtement, si un homme doté de mon physique a de sérieuses chances de se faire aimer et désirer d'une femme ? Si encore j'étais fortuné, cela passerait mieux, et une dame y trouverait plus facilement son avantage. Mais avec un salaire d'hirondelle de Préfecture, je ne suis pas véritablement aidé… Quelle autre alternative se présente à moi que celle où les femmes monnayent leurs faveurs ?

La Mothe le regarda, ne sachant que répondre pendant quelques instants. En effet, le jeune homme n'était pas avantageusement doté : comment faire abstraction de la longue cicatrice qui courait le long de son nez et rejoignait la commissure des lèvres ? Même épaisse, sa moustache ne suffisait pas à la camoufler… Et cette chevelure hirsute, désordonnée… Que pouvait il lui répondre, qui le placerait dans un état d'esprit plus optimiste sur ses chances d'épanouissement sentimental ?

— Allons donc, Monsieur Defresne, le physique ne fait pas tout, l'esprit a des charmes bien plus susceptibles d'inspirer un amour profond, durable et solide. Il existe certainement des jeunes femmes, infirmières ou servant autre part, faisant un travail honnête en tous les cas, qui seraient ravies d'être en votre compagnie et d'avoir la chance de bénéficier de votre protection. Vous êtes manifestement instruit, vous parlez plusieurs langues. Vous pourriez donc évoluer de façon honorable et vous marier avec une honnête femme. Mais dans les bas quartiers, mon garçon, vous ne trouverez rien de bon… perversité, tricheries, manipulations en tous genres. Vous a-t-elle donné des garanties d'engagement envers votre personne, cette hirondelle de fenêtre ?

— Non, Monsieur, pas encore, mais il est dans mes ambitions de la tirer d'où elle vient et d'en faire une honnête femme. Elle est une honnête femme, au fond d'elle-même, mais elle n'a pas eu la chance qu'elle mérite pour le moment.

— Lui avez-vous au moins posé la question ?

— Oui, Monsieur.

— Et que vous a-t-elle répondu ?

— Elle n'a pas répondu. Certainement a-t-elle besoin de réfléchir...

La Mothe secoua lentement la tête de droite à gauche.

— Jeune homme, gardez la tête froide. Vos sentiments ne doivent pas vous faire perdre votre bon sens. Pensez-vous réellement qu'une femme profondément désireuse de se ranger aurait besoin de réfléchir si on lui proposait de mener une vie tranquille ? Si elle ne vous a pas répondu, c'est qu'elle ne veut pas vous froisser et qu'elle sait appartenir à ce monde... Avez vous conscience que vous pourrez être révoqué pour avoir fréquenté le milieu de la prostitution ? Et je ne vous parle pas uniquement des poursuites pénales...

— Monsieur, je m'attendais à entendre un discours comme celui que vous venez de tenir. Mais je suis tout de même venu tout vous avouer, étant donné ce qui est en jeu : la vie d'autres hommes, la résolution d'une affaire mettant en péril la sécurité de beaucoup de monde, et l'ordre public... j'aurais pu décider de me taire... Pour ce qui est du choix d'une compagne, Monsieur le Commissaire, je répète que je n'ai ni l'avantage de la naissance, ni celui de l'apparence... Que ceux qui ont la chance d'avoir les deux évitent de me juger...

Un brouhaha se fit entendre. La Mothe se leva de son bureau, le contourna, ouvrit la porte de la pièce et aperçut Armand, accompagné de quatre autres inspecteurs, et de son amie d'enfance, Diane de la Ribaudière. Il fixa Armand froidement, tandis que les autres amenaient la jeune femme en salle d'audition.

— Je suppose que tu es satisfait, à présent ?

Armand le regarda quelques instants, baissa les yeux, et rejoignit les autres inspecteurs, avant de refermer la porte de la salle d'audition sur lui.

CHAPITRE 32 – L'ÉTAU

Bureaux de la Brigade Criminelle.

Armand invita Diane à prendre place sur la chaise qui faisait face à son fauteuil, ce qu'elle fit de mauvaise grâce. Cette chaise était des plus rudimentaires : rien que du bois. Pas de tissus, ni de coussin pour rendre l'assise plus agréable. Chassard et Dubois étaient restés dans le bureau pour assister Armand. Trois personnes contre une. Tout était fait pour placer le témoin dans une situation d'inconfort.

— Madame de la Ribaudière, vous êtes le plus haut dirigeant de la firme "Les secrets de Diane", c'est bien cela ?

— En effet…

— C'est une entreprise qui a appartenu à votre défunt époux, Henri de la Ribaudière, disparu il y a de cela trois ans, environ.

— C'est exact.

— Votre époux est décédé d'une crise cardiaque, je crois ?

— Oui, mais je ne vois pas où vous voulez en venir, Monsieur Fayet de Terssac.

— Quelqu'un vous remplace-t-il, pour la gestion de cette firme, depuis son décès ?

— L'ancien bras droit de mon époux, qui est devenu le mien par la force des choses, Monsieur Jean-Louis Carpentier.

— Est-ce lui qui s'occupe des approvisionnements ?

— Oui, pour toutes les matières premières.

— Monsieur Carpentier signe-t-il de sa propre main, ou en votre nom ?

— Il signe en mon nom. Pourquoi ?

— Quel est l'actif anti-âge le plus important en concentration dans vos produits ?

Diane prit une profonde respiration.

— C'est l'or... Mais me direz-vous enfin...

— Nos équipes ont soigneusement étudié les comptes de votre firme, Diane. Il en ressort que les approvisionnements en or ont considérablement augmenté ces quatre dernières années...

— Les commandes ont augmenté, la production aussi, de ce fait. Je ne vois pas ce qu'il y a de répréhensible, là-dedans. C'est au contraire le signe d'une bonne expansion et d'une bonne santé...

— Excepté, Madame, que l'augmentation de votre production n'est pas proportionnelle à celle des approvisionnements en or...

— Sur ce point, je ne suis pas en mesure de vous répondre, vous devriez poser la question à Monsieur Carpentier. Mais je ne comprends toujours pas pourquoi vous vous intéressez à mon industrie.

— Il se trouve, Madame, que notre service est saisi d'une affaire d'empoisonnements. D'empoisonnement à l'or. Votre père, décédé en ce début d'année 1907, présentait des signes d'intoxication à l'or. Mes propres parents, votre mère, présentent les mêmes signes, les parents de notre ami commun Monsieur de la Mothe, ainsi que la mère d'un médecin qui s'est décidé à déposer plainte pour empoisonnement. Votre mari, officiellement décédé d'une crise cardiaque, présentait ces mêmes symptômes. L'intoxication à l'or est notamment caractérisée par une altération du rythme cardiaque, et d'une concentration d'or anormalement élevée sur certaines parois, sur les os, et sur les cheveux. Tous ces symptômes sont présents sur toutes les personnes que je viens de vous citer. Tout votre entourage, tous ceux qui ont utilisé vos produits, sauf vous-même...

— Mais... je peux être atteinte aussi.

"Mais ne ressent-elle aucune émotion en entendant que tant de victimes, proches de surcroît, sont touchées ? N'a-t-elle aucune culpabilité, aucun remord quant à la responsabilité qu'elle porte ?"

— Diane, on ne peut effectivement se fier à votre belle mine, mais je puis vous assurer que vous êtes exempte...

— Comment savez-vous cela ?

— Nous avons eu l'occasion de prélever un échantillon de vos cheveux, un jour de concours hippique où vous aviez posé votre bombe sur un tréteau. Les cheveux recueillis ont été analysés. Aucune trace d'or.

— Très bien, cela veut justement dire que ce ne sont pas mes produits qui sont en cause, puisque j'en utilise matin et soir... Et dois-je comprendre que vous vous êtes permis d'exhumer mon époux et mon père pour vos recherches ?

— Je me suis permis, en effet... avec l'autorisation bienveillante d'un magistrat, bien évidemment...

Diane se radoucit.

— Vous faites erreur, Armand, l'or utilisé pour les cosmétiques est totalement inoffensif. Je pourrais comprendre que vous ayez quelque méfiance si mon époux s'était contenté des seules connaissances de ma tante Eléonore, mais Henri avait fait concevoir et éprouver la formule par un scientifique. Il ne se serait jamais résolu à mettre sur le marché un produit qui puisse être dangereux pour les utilisateurs. Et le fait que je sois bien portante prouve que l'explication se trouve ailleurs.

— Il ne s'agit en aucun cas de votre époux, il est hors de cause. Je n'en dirais pas autant de vous, Diane. Quoi qu'il en soit, je n'ai toujours pas d'explication de votre part me permettant de comprendre cette hausse injustifiée d'approvisionnement en or... Je vous écoute...

Diane resta sans voix. Armand reprit la parole.

— Je récapitule. Vous avez reconnu que votre firme utilise de l'or, que vos proches utilisaient vos produits, qu'il y a eu une augmentation d'approvisionnement, mais vous demeurez incapable de m'aider à comprendre le devenir de l'or acheté en excédent et de me prouver que ces commandes n'émanent pas de vous, c'est bien cela ? Mais comment vous croire, Madame ?

Il fronça les sourcils en voyant une goutte de sueur perler sur la tempe de Diane.

"Je pensais qu'elle aurait plus de sang-froid que cela"...

— Mais vous transpirez, à présent… que se passe-t-il ?

— C'est à vous de prouver que je suis coupable, ce n'est pas mon rôle.

"Non, elle n'a véritablement aucun remord. Exactement ce qu'avait décrit le psychanalyste Ernst Scheurer dans sa lettre".

— Mais oui, chère Diane, c'est bien ce que je viens de vous dire : tout converge en votre direction, et le seul nom qui ressort dans les commandes de poudre d'or, c'est le vôtre…

CHAPITRE 33 – CHAT OU SOURIS ?

Assise devant le bureau du Commissaire de La Mothe, Marie-Anne Ducray prenait ses aises. Elle avait exigé, en arrivant, un fauteuil plus confortable que la chaise en bois qui l'avait durement accueillie en premier lieu, sous peine de ne pas se montrer coopérative. Les jambes croisées, avachie dans le cabriolet qu'on lui avait apporté pour ménager son dos, elle s'appuyait nonchalamment sur l'un des accoudoirs, tout en contemplant la décoration, spartiate, de la pièce qui servait de bureau au commissaire. Loin des décors somptueux, faits de tentures de pourpre et de boiseries dorées de la maison où elle "officiait", elle n'en perdait pas pour autant sa superbe et son caractère jovial, et parlait sans cesse, quand elle ne plaçait pas son fume-cigarette entre ses dents.

La Mothe avait ouvert la fenêtre côté sud-est, pour laisser s'échapper la fumée de cigarette, avant de placer devant elle, sur le bureau, une liasse de papier et une plume.

— Allons donc, Monsieur le Commissaire, vous comptez me faire faire une dictée ? Vous recrutez des femmes, dans la police, maintenant, dites donc, quel progrès ! Mais si je puis vous donner un conseil, je n'ai pas trop le profil, vous savez, et pour réchauffer le cœur de vos inspecteurs, point besoin d'une dictée, dit-elle avec un clin d'œil.

La Mothe sourit, bienveillant, sans même chercher à l'interrompre. Tant qu'elle parlait, elle ne réfléchissait pas de trop, son esprit étant occupé à plaisanter, à séduire… à amadouer, certainement…

— Simple examen de routine, chère Madame.

— "Madame" ? Oh, Monsieur le Commissaire, c'est bien trop pour moi, je suis encore demoiselle, vous savez, il n'est pas trop tard pour vous mettre sur les rangs. Un joli garçon comme vous, je ne vais pas lui fermer la porte au nez !

Le commissaire ignora l'offre et poursuivit, imperturbable.

— Voici un texte, court. Vous me feriez grand plaisir en le recopiant, avec votre écriture de tous les jours.

— D'accord, d'accord, Monsieur le Commissaire. Me direz-vous pourquoi ?

— Vous avez ma parole.

Elle se mit à l'ouvrage avec une sincérité évidente, mais en soignant néanmoins les courbes de ses lettres et le centrage de son texte. Les lettres de même nature étaient réalisées de façon homogène, les jambes, les accents, étaient réguliers. La même écriture, méticuleuse et harmonieuse, que celle qui figurait sur les deux lettres dévoilant la tenue des cérémonies occultes. La Mothe observa, compara, et conclut :

— Chère Madame, vous feriez une excellente secrétaire. Où donc avez-vous appris à écrire, et d'où vous vient ce charmant accent ?

— Monsieur le Commissaire, vous me faites bien trop d'honneur ! C'est mon père qui m'a appris à écrire quand je vivais encore en Italie. Il disait toujours que la chose la plus précieuse, en ce monde, c'est de savoir écrire, et lire, pour ne pas qu'on puisse vous dire des sottises sans que vous ne le sachiez.

— Votre père était la sagesse incarnée… Vous êtes Italienne ?

— À moitié, Monsieur le Commissaire. Mon père était français – je dis "était" parce qu'il est mort quand j'ai eu quatorze ans – et ma mère était Italienne. Elle s'est jetée dans le Tibre quand mon père a disparu. Je me suis débrouillée toute seule, depuis.

— Quel courage vous avez montré, Madame. Vous parlez deux langues, dans ce cas ?

— Oui Monsieur le Commissaire.

— Vous pourriez avoir un joli métier, avec de telles dispositions...

— Vous savez, Monsieur le commissaire, je ne suis pas libre. L'Italie, quand vous êtes seul et jeune comme je l'étais quand mes parents sont morts, c'est la misère. J'ai commencé à fréquenter les hommes, et puis je suis venue en France. J'ai dormi dans des carrioles de paysans, j'ai marché. Je faisais la vaisselle et le ménage en échange d'un peu de nourriture. On m'a dit que c'était à Paris que j'aurais le plus de chances de m'en sortir, qu'il y aurait plus de propositions d'embauche Mais c'était un peu loin, alors j'ai trouvé l'orphelinat le plus proche qui accepterait de m'aider, mais je suis mal tombée. Ils m'ont donnée à des gens qui m'ont confisqué mes papiers. Ce sont ces gens qui m'ont payé le voyage vers Paris. Maintenant je paye pour rembourser, en attendant qu'ils me rendent mes papiers... Je ne fais pas ce que je veux, vous savez. S'il suffisait de dire que je veux faire autre chose de ma vie, j'aurais de quoi faire autre chose, mais ça n'est pas si simple...

— Le tatouage sur votre nuque, qu'est-ce exactement ?

— L'hirondelle ? C'est la marque de reconnaissance des filles issues de ce réseau, le « Nid ». Une fois que nous sommes récupérées par cet orphelinat, ils nous font tatouer cet oiseau. « Cadeau » de la maison. Tu parles d'un cadeau ! Il est empoisonné : même si nous arrivons à nous échapper, nous sommes vite repérées avec cette marque. Les coups de fouet pleuvent dès que vous retombez dans leurs griffes... Vous me direz pourquoi... la dictée ?

— Chose promise, chose due. Reconnaissez-vous ces billets ?

Il lui tendit les deux lettres avertissant le chef de la Police sur les cérémonies occultes des castratrices.

— Eh bien oui, Monsieur le Commissaire, c'est moi qui les ai écrites. C'est simplement pour cela, la dictée ? Mais ce n'était pas la peine de perdre votre temps, j'aurais avoué tout de suite ! Dites, comment avez-vous eu la deuxième ? Je ne l'avais pas encore envoyée...

— Vous avez des clients bien curieux, Madame. Certains fouillent dans vos affaires, pendant votre sommeil. L'un d'eux a trouvé cela et, après l'avoir lu, est venu nous trouver.

— Lequel ? Ah ! je vois ! Le jeune homme à moustache. Le pauvre, je sens bien qu'il s'attache, mais je ne suis pas une femme pour lui. Si je pouvais me libérer, j'y penserais bien, mais je sais bien que c'est impossible... Il rêve, pauvre gosse, mais ce n'est qu'un beau rêve, et rien d'autre... Il était donc en colère, pour être venu vous trouver ? Eh bien...

Elle adressa un sourire charmeur à La Mothe, qui le lui rendit, accompagné d'un regard bienveillant.

— Il n'était nullement en colère, Madame. C'est même le contraire : il cherche à vous protéger. Parlons sérieusement. Comment êtes-vous au courant de ces cérémonies funestes ?

La jeune femme s'assombrit.

— Monsieur le Commissaire, au point où j'en suis, je vais tout vous dire. J'ai vingt-deux ans. Je suis en France depuis trois ans. Au fil du temps, j'ai fini par me faire des amies. Au début, quand je suis arrivée dans cette maison, tout allait bien, les souteneurs étaient stricts, mais pas méchants, les clients étaient généreux, et ça se passait bien. Ils se tenaient bien. Et puis, les choses ont changé. On n'a pas su pourquoi, les clients n'ont plus été les mêmes. Il y en avait qui nous giflaient, quand ils ne nous insultaient pas. Des filles ont été agressées, et même violées, en dehors de la maison. On se plaignait de ces clients, mais les souteneurs nous disaient de ne pas broncher, de ne pas faire de vagues. Il fallait garder les clients, les satisfaire, pour ne pas qu'ils puissent dire du mal de la maison. Au début on laissait faire, on se soutenait entre nous, mais au bout d'un temps, nous ne pouvions plus supporter ces mauvais traitements. Il fallait qu'ils soient punis, pour être forcés de se tenir tranquilles. Alors nous avons commencé à nous organiser, à nous renseigner sur eux. Nous les faisions boire et dans leur boisson, l'une de nous versait un somnifère, indétectable. Pendant qu'ils dormaient, on les fouillait, pour savoir qui ils étaient, où ils habitaient. Pour leur flanquer une bonne frousse, on les kidnappait, on les emmenait… vous savez où. On les attachait et on leur faisait un sermon. On voulait s'en tenir là, mais d'autres ont continué de nous insulter, au lieu de s'excuser. Cela ne nous a pas plu. Une de nous a parlé de lui couper… vous savez quoi. Au début, on ne voulait pas, on trouvait ça trop violent, beaucoup trop violent, mais elle a insisté. On a laissé faire, et on l'a aidée. On comprenait. Après tout, elle faisait partie de celles qui avaient été violées. Cependant, au bout d'un temps, ça ne lui suffisait plus. Elle voulait tuer, en plus. Frapper en plein cœur pour qu'ils ressentent ce qu'on ressentait quand on était traité comme des moins que rien, comme des objets. Les autres ont suivi, mais moi j'ai commencé à me sentir mal, à ne plus être d'accord… Déjà que, dès le début, j'étais assez réticente… Sur l'instant je n'ai rien fait pour les empêcher, je le reconnais. Notre réseau s'agrandissait : des femmes, des filles de tous les milieux nous contactaient, en douce, pour faire partie de l'organisation et dénoncer leur violeur. Ça devenait fou. Il y en a eu beaucoup, comme ça, de tués. Des dizaines qui avaient abusé des femmes. Nous, on écoutait ce qu'elles disaient. On les croyait. Pourquoi auraient-elles menti ? Mais c'était trop pour moi. Je ne pouvais plus. Et c'est là que je vous ai écrit, pour la première fois, pour vous dire où aurait lieu la prochaine cérémonie. Je savais bien qu'un jour, je me ferais pincer… je pense même que je l'ai un peu cherché, pour que ça s'arrête, tout ça. Je crois que la seule chose qui me faisait véritablement peur, c'était d'être démasquée par la maison où je travaille et de disparaître avant que vous ne puissiez les arrêter. Voilà.

La Mothe resta silencieux quelques instants. Elle racontait tout cela avec un tel naturel, et une telle facilité, que cela lui donnait froid dans le dos. Mais il ne devait pas lui montrer ce qu'il ressentait. Il devait cacher son dégoût face à tant de barbarie, d'inconséquence, d'inconscience, face à tant de folie.

— Avez-vous pensé, un jour, avant tout cela, à vous rapprocher d'un parti politique, qui pourrait défendre vos droits ? À aller déposer plainte ?

— Moi ? Non. Je ne voulais pas. Mais je sais que des femmes avaient rejoint le parti des Frondeuses, pour faire valoir leurs droits auprès des sénateurs. Elles jouaient double jeu. Je crois qu'elles se servaient de cette organisation pour obtenir ce qu'elles voulaient sur le plan légal par l'intermédiaire des Frondeuses.

— Les Frondeuses, dites-vous ? Êtes-vous sûre que ce n'étaient pas les "Vésuviennes" ?

— Les Vésuviennes ? Non, je ne connais pas... Ah si ! c'était elles qui s'étaient battues, à la dernière révolution et qui demandaient le service militaire pour les femmes ? Non. Rien à voir. C'étaient bien chez les "Frondeuses" que s'engageaient certaines d'entre nous, et certaines Frondeuses venaient dans notre organisation.

La Mothe se sentit faiblir. Les "Frondeuses". Le parti féministe dirigé par Diane.

— Bien Madame. Si je vous montre des photos de Frondeuses, pouvez-vous me dire si elles font partie de votre organisation ?

— Bien sûr, Monsieur le Commissaire...

La Mothe se releva du bord du bureau où il s'était assis en début d'audition pour se rapprocher de Marie-Anne et créer une relation de proximité, la mettre totalement à l'aise. Il fit le tour de son bureau, ouvrit le tiroir de droite dont il tira un dossier empli de photos et de documents transmis par la Brigade des Renseignements Généraux. Le moment de vérité. Il fallait qu'il sache. La première photo qu'il lui montra était celle de Diane. Marie-Anne s'était penchée pour observer la photographie de Diane, quand un bruit de verre brisé troubla l'entretien. La vitre de la seconde fenêtre "sud" de son bureau venait d'éclater, un caillou épais atterrissant sur le tapis. Il se dirigea vers la fenêtre, et entendit soudain dans son dos le claquement d'un coup de feu. La Mothe se retourna.

Marie-Anne Ducray était avachie, les jambes allongées et les bras pendant de chaque côté du fauteuil, une plaie béante et ronde au beau milieu du front.

CHAPITRE 34 – RÊVES ET DÉRIVES

Diane regarda Armand. Il allait dire autre chose, certainement. Il fallait qu'il abatte ses cartes. Toutes ses cartes. Qu'elle sache enfin où elle en était. Elle fit mine de se lever de sa chaise.

— Bien, si vous n'avez rien d'autre à ajouter…

Armand posa prestement, mais sans brusquerie, sa main sur l'épaule de son ancienne promise. L'arrestation de Diane lui vaudrait certainement la reconnaissance de ses collègues, de sa haute hiérarchie. Celle de son père, qui, certainement, le rétablirait dans ses droits. Mais au fond, était-ce si important, puisque, désormais, il était libre de ses choix, puisqu'il avait gagné son indépendance, et recouvré sa fierté ? Dans les couloirs et les pièces voisines, il entendit vaguement des éclats de voix, des gens courir, mais l'intensité du trouble ne dépassait pas celle des épisodes ponctuels d'agitation liées aux spécificités du métier.

— Oh non, chère Diane, je n'en ai pas terminé. J'en suis même très loin. Vous dirigez, entre autres activités, un parti politique, me semble-t-il ?

— En effet, nous en avions parlé, ne vous rappelez vous pas ?

— Si bien sûr, je m'en rappelle très bien. Par contre nous n'avons fait que survoler le sujet… Quels sont les objectifs de votre parti ? Quels buts poursuivez-vous ? Quels rêves sont les vôtres ?

— Nous projetons de faire rétablir le divorce par consentement mutuel, l'équité des sanctions en cas de faute ou d'adultère. Nous voulons la maîtrise de notre corps, c'est-à-dire le droit à l'avortement en plus des produits anti-anticonceptionnels, le droit de s'habiller autrement qu'en robe, et sans avoir à demander de permission expresse, le droit de vote, et la reconnaissance du viol comme étant un préjudice pour la femme, et pas uniquement pour l'homme…

— Et… c'est tout ?

— Non, ce n'est que le début.

— Pourquoi parlez-vous du viol ?

— Parce qu'en France, le droit ne reconnaît que le mari comme victime outragée. Il ne tient aucun compte du traumatisme que cela cause, et des répercussions sur la bonne santé, mentale et physique, de la femme, qui a besoin d'une réelle prise en charge. Quelle chaleur dans votre bureau ! C'est étouffant ! Ne pourriez-vous pas ouvrir un peu la fenêtre, je vous prie ?

Elle transpirait de plus en plus, avait ouvert son éventail qu'elle agitait frénétiquement, mais sans que son visage ne trahisse la moindre inquiétude. Son attitude restait sereine. Armand trouvait pourtant la température ambiante modérée et les locaux de police n'étaient pas encore chauffés, en cette douce période de début d'automne. Il était cependant impératif d'éviter qu'elle ne fasse un malaise, qui casserait la dynamique de cet interrogatoire. Il se résolut à ouvrir la fenêtre de son bureau.

— Diane, je vais vous poser la question plus directement : avez-vous des raisons personnelles de militer pour la reconnaissance du viol comme infraction traumatisante pour la femme. En d'autres mots : avez-vous été violentée par le passé ?

Diane ouvrit grand les yeux.

— Mon Dieu, comme vous y allez ! Vous rendez-vous compte de votre brutalité ? Imaginez-vous un instant le choc que vous pourriez provoquer dans l'esprit d'une véritable victime en posant la question de la sorte ? Mais quel grossier manque de tact ! Non voyons… J'éprouve uniquement de l'empathie pour les femmes qui ont subi un tel événement. Si ce sont là toutes vos questions, j'ai mieux à faire…

— Très bien, Diane, je change de sujet. Connaissez-vous personnellement toutes les militantes de votre mouvement ?

— J'en connais certaines intimement. D'autres de façon plus superficielle. Quant aux nouvelles, il faudra encore du temps.

— Savez-vous d'où elles sont issues ?

— Pour les plus proches, elles sont issues de la noblesse, d'autres, de la haute bourgeoisie pour celles que je connais le mieux, mais nous avons aussi des militantes de modeste condition sociale.

— Connaissez-vous le mouvement des Vésuviennes ?

— Oui, bien sûr, je le connais de nom et de réputation, mais je n'en connais pas les membres.

— Pouvez-vous m'assurer qu'aucun élément de cette mouvance ne figure parmi vos militantes ?

— J'ai toujours refusé d'allier notre mouvement à celui des extrémistes. Nous faisons en général attention au comportement, aux propositions de nos militantes, qui doivent rester réalistes et mesurées, mais je ne peux pas vous affirmer qu'aucune des militantes des mouvements radicaux n'a pu infiltrer notre parti. Ce sont des choses que l'on ne maîtrise pas aisément, et pas complètement…

— Donc vous ne connaissez rien du passé et de la vie privée d'une grande partie de vos militantes ?

— Non, nous ne poussons pas aussi loin nos investigations. Les bonnes volontés sont les bienvenues, à condition de rester dans la lignée de notre pensée.

— "Nous" ?

— Le comité de sélection. Celles qui me sont fidèles et proches depuis de longues années, et qui m'ont aidée à fonder le mouvement des "Frondeuses".

— Donc, dans votre mouvement, peut s'inscrire n'importe quelle criminelle, du moment qu'elle trouve les bons mots pour vous mettre en confiance ?

— Mais où voulez-vous en venir ?

— Avez-vous connaissance de l'affaire des "Castratrices"

— Non. Qu'est-ce au juste ?

— Des femmes qui kidnappent des hommes et qui les privent, au terme d'une "cérémonie spécialement consacrée", de leurs attributs masculins.

Diane blanchit subitement.

— Comment une telle horreur peut-elle être commise ?

— Je comptais sur vous pour me l'expliquer.

— Mais comment voulez-vous que je le sache ?

— Vous mentez, Diane !

— S'il vous plaît ?

— Vous mentez. Vous en faites partie, ou vous couvrez quelqu'un. En tous les cas, vous êtes au courant.

— Puis-je savoir ce qui vous rend si sûr de vous ?

Armand marqua un temps d'arrêt, de plus en plus troublé par le brouhaha qui s'intensifiait au sein des locaux de la Brigade Criminelle. Cette fois, cela dépassait l'agitation naturelle du service… Il rassembla en hâte ses idées, et reprit son discours.

— Parce qu'un soir où nous allions reconnaître l'endroit où une cérémonie devait avoir lieu, notre présence a été signalée par un guetteur qui a alerté ses complices au moyen d'un cor. Un guetteur à cheval. Un cheval noir, plus précisément un frison, avec une étoile en guise de pelote sur le front, et sous la selle duquel était placé un tapis de selle noir avec un insigne brodé en fil doré. Cet insigne, que j'ai d'abord pris pour un mors Verdun, représentait en définitive autre chose. Le même insigne que celui figurant sur les pots de cosmétiques que nous avons relevés chez mes parents, et chez la mère du médecin qui est venu déposer plainte. Ce H avec deux D, c'est le Haras du Diable. C'est votre haras. C'est aussi votre firme cosmétique, Diane, dont le logo symbolise l'union entre Henri de la Ribaudière et vous-même. C'est votre firme, et c'est votre jument "Diabola" que nous avons trouvé dans un des boxes qui vous étaient réservés, pendant le dernier concours complet d'équitation de Bois-le-Roi. Qui montait ce cheval, Diane ?

Diane resta interdite. Elle le regarda fixement Armand, Impassible. Ce silence lui permit d'entendre très distinctement le Commissaire Olivier ordonner à l'ensemble des équipages :

— Quadrillez le quartier et les arrondissements environnants, arrêtez-les tous les deux !

CHAPITRE 35 – LES TOITS DE PARIS

Armand avait subitement quitté la pièce, obnubilé par le branle-bas de combat qui agitait le service entier. Toutes les têtes étaient focalisées sur ce mystérieux événement. En revenant, Armand lui signifierait officiellement sa mise aux arrêts.

C'était donc ce moment-là, ou jamais. Diane s'assura que personne ne la surveillait et referma la porte en silence, se rapprocha rapidement de la fenêtre, fit glisser sa jupe jusqu'au bas de ses jambes recouvertes d'un pantalon noir. Puis, libérée, elle passa la fenêtre et courut le long des toits, jusqu'à ce qu'elle trouve une ruelle sombre et déserte. Pas un chat. D'un rapide coup d'œil, elle scruta les environs. Dieu que Paris était belle, vue des toits ! Diane se laissa glisser le long de la canalisation, et mit enfin pied à terre. Elle ôta son bustier, découvrant une chemise blanche d'homme, et enfila la veste de costume masculin qu'elle avait dissimulé en dessous de sa robe et qui lui avait valu d'avoir si chaud, dans le bureau d'Armand. Elle sortit de sous sa veste un singulier cercle en tissu noir, dont elle poussa le fond, et qui prit l'allure d'un haut de forme qu'elle coiffa aussitôt, colla en hâte des moustaches au-dessus de sa bouche. Désormais transformée en dandy, elle passerait inaperçue.

La jeune femme retourna sa robe, la plia soigneusement, ne laissant apparaître que la doublure dont le satin servait désormais d'élégante enveloppe à un paquet qu'elle glissa sous son bras. Elle sortit de la ruelle pour rejoindre tranquillement le boulevard, puis s'immobilisa et fit signe au fiacre qui arrivait en sa direction et s'arrêta devant elle. Le cocher descendit et lui ouvrit la porte du fiacre. Diane prit une voix grave.

— Merci, Hubert, vous tombez à pic !

CHAPITRE 36 – UNE PRINCESSE BIEN CURIEUSE

" Enfants de la viticulture,
Marchons sous le même étendard
La misère enfin est trop dure,
Il faut agir et sans retard (bis).
Argelliers nous donne l'exemple,
Suivons ce groupe de vaillants.
Agissons car il en est temps,
Des fraudeurs démolissons le temple.
Allons viticulteurs,
Notre pays se meurt.
Unissons-nous
Et tous crions
Du pain aux vignerons.
Aujourd'hui c'est plus des paroles,
Ce sont des actes qu'il nous faut.
Nous portons au front l'auréole,
Du travail, voilà notre drapeau (bis).
Ce n'est pas un but politique
Qui guide notre mouvement.
C'est pour du pain à nos enfants.
En respectant la République."

Tout en chantant la "Marseillaise des Vignerons", la jeune Juliette arpentait les couloirs et les escaliers de la demeure d'Anne-Sophie Courtenay de Mardilly, sa grand-mère. Ses longs cheveux blonds étaient relevés vers le derrière de sa tête et retombaient en cascades de boucles à l'anglaise sur ses épaules. Sa stature, avantageuse pour une fillette de onze ans, lui permettait de revêtir les anciennes robes démodées que Diane, sa mère, lui avait offertes pour se déguiser. L'étude de la journée étant terminée, elle pouvait enfin donner libre cours à son imagination, en attendant que Hubert revienne la chercher, et la ramène en sa maison, avant de vérifier les exercices d'expression écrite qu'elle avait effectués en son absence. Mais l'heure était au relâchement, et au rêve. Cependant, la jeune fille se lassait, peu à peu, des robes de satin et de soie, des coiffures, des eaux de parfums à la rose qui n'étaient ni plus ni moins que les atours qu'elle portait quand elle rendait visite aux bonnes maisons où sa mère était reçue. Rien d'original, rien de véritablement nouveau.

Elle pensait à mille tours qu'elle pourrait jouer à Jeanne, la servante, et à Hubert, qui s'en amuserait, comme toujours. Hubert, l'homme de la maison. Le précepteur, le maître d'hôtel, le conseiller moral, le confident, mais aussi le remplaçant d'un père qui était parti bien trop tôt. C'était l'être qui était le plus proche d'elle, en dehors de Madame de Mardilly, sa grand-mère. Elle s'ennuyait tant de sa maman, qui partageait le plus clair de son temps entre ses affaires, son parti politique, les chevaux… Trouverait-elle un jour le courage de lui dire le manque qu'elle ressentait, et la joie qu'elle aurait à la voir plus souvent. Quand pourrait-elle passer une journée avec elle seule ? Entre mère et fille, uniquement ? Sans servante pour les interrompre, sans gardien de morale pour opposer un frein à leurs folies ? Juste toutes les deux ?

Que pouvait-elle faire, en attendant son retour, qui sorte de l'ordinaire ?

Son chant et ses rêveries l'avaient menée en haut du château, au dernier étage, où se trouvait la chambre d'Hortense, femme de chambre et servante de sa grand-mère. Celle-ci, occupée en buanderie au sous-sol, ne risquait pas de la surprendre. Comment était-ce, une chambre de bonne ? Y avait-il aussi des moulures, du papier peint, de jolies armoires ? Comment s'habillait-elle, quand elle n'avait pas son costume de servante, elle qu'elle ne voyait jamais sortir du château ?

Elle tourna très progressivement la poignée de porcelaine blanche et poussa la porte en silence, avant de la refermer délicatement sur elle. Quelle drôle de chambre ! Pas de parquet ciré, mais juste un plancher en bois brut recouvert de quelques tapis, un lit en fer forgé à la peinture quelque peu écaillée, au bout duquel, à cheval sur le pied de lit, trônait une robe de chambre. La pièce était grande et relativement haute. Les angles du plafond, côté fenêtre, s'arrondissaient en mansarde, encadraient un meuble toilette en marbre gris. A côté, un poêle à bois en fonte réchauffait cette pièce qui, bien qu'exposée au sud, semblait naturellement tempérée. Une vieille armoire en noyer trônait contre le troisième mur, à droite. Une armoire à chapeau de gendarme à deux portes vitrées, derrière lesquelles seuls deux voilages dissimulaient le contenu. Juliette tourna la clef de la première, n'y vit que des étagères occupées par quelques chemises, jupes de seconde main et tabliers... La porte de gauche, peut-être, serait plus intéressante ?

Elle la libéra en ôtant le crochet qui la maintenait par l'intérieur, dévoilant ainsi un épais manteau de laine, deux tenues de servante, une robe de satin, pour les grands jours certainement. Elle ôta l'un des deux costumes de service, et s'en vêtit, puis se déplaça en face du miroir et se fit une révérence.

— Madame, je suis votre servante, déclara-t-elle à son propre reflet. Mais il me manque les chaussures, celles-là ne vont pas...

Juliette fouilla au bas de la penderie, espérant y trouver quelques ballerines à talon plat, ou une paire de sabots en bois. N'importe quoi ferait l'affaire. Mais la déception l'emporta : seule une boîte en carton s'y trouvait, cachée sous une épaisse couverture. Elle la prit et l'ouvrit, découvrant ainsi un flacon allongé, en forme de poire, fermé par un bouchon de verre en forme de goutte d'eau, et empli d'un liquide et d'une matière dorée qui reposait au fond. "*Ah ! du parfum ! Qu'elle est coquette, cette Hortense, est-ce qu'au moins cela sent bon ?*". La jeune fille dévissa le bouchon en verre et approcha son nez au-dessus du goulot. Aucune fragrance ne se dégagea du flacon. "*Bizarre, un parfum qui ne sent pas*". Elle plaqua la paume de sa main contre le goulot et retourna brièvement le flacon afin de recueillir un peu de liquide. Elle approcha son nez : aucune odeur, décidément. Dans le flacon, de très fines paillettes dorées se précipitaient, avant de retomber au fond de la bouteille en un léger nuage.

Un bruit de porte se fit entendre, émanant du rez-de-chaussée du château. Et si Hortense revenait ? Juliette se changea en hâte, rangea le costume de servante dans la penderie, referma l'armoire et descendit sans tarder dans sa chambre, en gardant dans sa main le mystérieux flacon.

CHAPITRE 37 – LE NID

Nulle trace d'un tireur d'élite dans les environs. Où avait-il pu se cacher, par où était-il venu, en quelle direction était-il parti, après avoir abattu Marie-Anne Ducray ? Était-il un commanditaire ou l'un des membres du groupe des "Castratrices" ? Philippe Defresne volatilisé, on ne pouvait se reposer sur lui. Qu'avait il fait après avoir compris que l'on avait assassiné celle qu'il aimait ? Avait-il tenté, comme eux, de retrouver le tireur ? Ou s'était-il simplement enfui ?

L'ensemble des inspecteurs de la section criminelle attendait les deux commissaires dans la salle de réunion, tout en échafaudant des hypothèses à qui mieux-mieux, chacun y allant de son analyse. Enfin, le Commissaire Divisionnaire Joseph Olivier et le Commissaire Louis de La Mothe firent leur entrée, saluée par un silence soudain et total. Olivier regarda l'assemblée, puis ses chaussures, et enfin le ciel, faisant mine de lui adresser une prière.

— Si je compte le gardé à vue décédé récemment dans nos locaux, ça nous fait deux morts, et deux suspects évadés… Merveilleux, messieurs, quelle performance ! Parmi nos deux "regrettés" : un trafiquant d'or dont les explications eurent été précieuses, celles de Marie-Anne Ducray, hirondelle des bas quartiers et membre actif du groupe de nos "castratrices" et qui était manifestement disposée à contribuer à l'identification de ses complices. À côté de cela, un policier intime avec ladite suspecte, et une dame soupçonnée de se livrer à des empoisonnements à grande échelle et en série… évaporés. Seuls indices : le lieu et l'heure d'une nouvelle cérémonie funeste à Bois le Roi, près du lac, et une hirondelle tatouée sur la nuque de la défunte. Nous irons loin, avec ça… Sans conteste, c'est une réussite ! Est-ce monnaie courante, chez vous, de laisser les fenêtres de vos salles d'auditions ouvertes, Messieurs ? Ou de laisser les suspects seuls pour courir à des tâches qui peuvent être accomplies par les autres ?

Un ange passa. La Mothe objecta :

— Il faut reconnaître que les inspecteurs ne sont pas encore à effectif complet, qu'ils sont très lourdement sollicités, et que les locaux ne sont pas sécurisés contre l'évasion ou les intrusions intempestives. De plus, cette période est particulière : nous n'avons jamais eu de tels évènements à gérer. Ces messieurs essuient les plâtres dus à la jeunesse d'un service qui n'a pas un an, et qui n'est même pas officiellement institué.

— Cela va venir très prochainement, cher ami… Bon. Il faut remettre la main sur ce… Philippe Defresne. Si c'est une hirondelle de la Préfecture de la Seine, il va certainement revenir, à un moment ou à un autre, à son service.

— S'il craint la révocation et les sanctions pénales, il risque plutôt de se cacher…

— Quoi qu'il en soit, demandez aux services de gestion du personnel de Monsieur Lépine qu'ils vous transmettent son adresse et tout ce qui le concerne. S'il ne vient pas à nous, nous viendrons à lui. Après tout, il est venu de lui-même dire ce qu'il savait et tenter d'empêcher la commission d'un crime, nous devrions pouvoir jouer sur ce point pour lui éviter la révocation. Il en sera quitte pour une mise à pied temporaire, si nous faisons ce qu'il faut, et s'il n'aggrave pas son cas… Quoi de neuf, sur nos affaires, Monsieur La Mothe ?

— Nous avons de nombreux rebondissements sur nos enquêtes, Monsieur le Divisionnaire. Pour ce qui est du proxénétisme, nous avons obtenu de la Brigade de Renseignements une piste fort intéressante concernant un réseau de détournement de jeunes filles. Cette organisation, surnommé "Le Nid", visite les orphelinats, sélectionne les plus éduquées, instruites, ou les plus jolies. Celles qui ont une certaine tenue sont placées sur "recommandation" en tant que servantes, dans les familles bourgeoises ou nobles, qui rétribuent une somme au réseau, lequel donne une « contribution » aux orphelinats. Malgré le versement de cette somme, les employeurs demeurent gagnants, une novice sans véritable formation étant moins grassement. Ces jeunes filles sont "formées" à servir par le simple biais de la pratique. Les autres, qui ont au moins l'avantage d'être jolies, sont exploitées par les maisons closes et préalablement « marquées » par un tatouage d'hirondelle sur la nuque. La prostituée abattue dans nos locaux vient de cette organisation. À cette nuance près qu'elle nous vient d'Italie. Bien qu'elle soit relativement instruite, ses appâts lui ont valu d'être reclassée parmi les hirondelles de fenêtre d'une maison close. Je vous fais passer les clichés des femmes issues de ce réseau.

Chacune des photographies suivit le même cheminement, du premier jusqu'au dernier inspecteur situé à chaque extrémité du "U". Olivier et La Mothe regardaient, dépités, les visages impassibles des inspecteurs, sans réactions face aux photographies. Lenormand, Rosier et Dubois froncèrent les sourcils devant trois d'entre elles, avant de les transmettre immédiatement à Armand, qui resta figé, stupéfait. Il fit signe à La Mothe, qui s'approcha et, après avoir parcouru l'ensemble des photos, s'assombrit subitement. Olivier perçut cet étrange manège.

— Fayet, ne me dites pas que vous reconnaissez toutes les soubrettes et filles de joie dont il est question…

— Toutes, non, Monsieur le Divisionnaire, répliqua Armand. Mais j'en reconnais au moins trois : celle de mes parents, celle de Diane de la Ribaudière. Quant à la troisième…

Armand se tut, et regarda La Mothe, qui après un soupir, confirma les soupçons de son vieil ami.

— Elle figure parmi les employés de mes parents…

CHAPITRE 38 – APPARENCE N'EST PAS VÉRITÉ

Louis de La Mothe attendait, fébrile, les conclusions du laborantin. Celui-ci avait accepté de le recevoir, à la condition qu'on lui laisse le temps d'observer les résultats des analyses qu'une autre entité judiciaire lui avait commandées. Les cheveux hirsutes, l'œil hagard, le professeur Thuilier sortit enfin de son laboratoire et invita le commissaire à prendre place. La pièce, aux allures spartiates, n'arborait pour seule décoration que les montagnes de dossiers qui jonchaient son bureau et les étagères.

— Je suis à vous, cher Monsieur. Que puis-je pour votre service ?

Vous me pardonnerez mon empressement, Professeur, mais la bonne conduite de nos enquêtes commande que nous obtenions urgemment vos conclusions sur la nature des produits contenus dans les pots de crème cosmétique dont je vous ai confié l'analyse.

— Les pots ? Quels pots ?

— La Mothe le regarda, stupéfait.

« Qu'on ne me dise pas qu'il n'a pas même commencé les tests ? »

— Les pots de crème cosmétique de la firme « Les secrets de Diane ». Ceux qui portent un emblème composé d'un H et deux D accolés.

Le professeur le regarda sans mot dire, puis sauta de sa chaise, tel un zébulon.

— Bien sûr, bien sûr. Mon Dieu, où avais-je la tête ! Ils sont prêts depuis hier !

La Mothe laissa tomber ses épaules, à moitié soulagé seulement. Au moins c'était chose faite. Mais qu'en était-il véritablement ? Le professeur reprit, tout en hochant la tête de droite à gauche.

— Je crains cependant que ces analyses ne vous soient pas de grande utilité...

— Pourquoi cela, Professeur ?

— Apparence n'est pas vérité, cher Monsieur : les produits de cette firme contiennent de l'or colloïdal et uniquement colloïdal. Il s'agit d'un or transformé de telle manière à lui conserver uniquement ses nombreuses vertus, tout en garantissant son innocuité. Aucune trace de mercure, ni d'acide nitrique. En ce qui concerne la toxicité du contenu de ces pots, les analyses sont donc négatives. Vos victimes ont subi un empoisonnement par un autre procédé, à savoir qu'elles ont ingéré une solution aurique, certainement à leur insu. Cet empoisonnement nécessite une administration régulière voire soigneusement répétée dans le temps, pour produire ses effets dévastateurs. Seul un proche, un conjoint, ou une autre personne fréquentant quotidiennement la victime est en mesure d'assurer cette répétition. Autant dire que vous n'êtes pas au bout de vos peines...

CINQUIÈME PARTIE

CHAPITRE 39 – LA CURIOSITÉ N'EST PAS UN SI VILAIN DÉFAUT

Armand, Chassard et Dubois arrivèrent en hâte devant le Château de Mardilly, demeure des parents de Diane. Après qu'ils se furent annoncés, un laquais leur ouvrit l'immense portail en fer forgé et les invita à garer leur voiture à l'arrière du château. Le maître d'hôtel les accueillit, et, d'un air gêné, avertit la maîtresse de maison qui descendit les escaliers en robe de cocktail.

Armand s'avança vers elle.

— Mes hommages, Madame.

La marquise le toisa d'un regard glacial.

— Monsieur Fayet de Terssac ! Vous avez bien du toupet de vous présenter après avoir mis ma fille, votre ancienne fiancée, aux arrêts ! Que nous voulez-vous, encore ?

— Madame, croyez bien que je le regrette infiniment, et je vous présente aujourd'hui mes excuses les plus humbles. Nous venons d'avoir connaissance d'éléments qui mettent Diane hors de cause dans notre enquête.

— C'était une évidence ! Qu'aviez-vous besoin de preuves matérielles pour croire en son innocence ? Et où est-elle, en ce moment ?

— Notre devoir exigeait une enquête, Madame. Hélas, nous ne savons pas où est Diane. Elle s'est enfuie de nos locaux en profitant du trouble causé par un événement inopiné et nous nous inquiétons pour elle. N'est-elle pas venue vous voir ?

— Absolument pas. Vous avez encore dû la malmener, pour qu'elle s'enfuie ! À présent vous voudrez bien m'excuser, mais je suis attendue. Je vous remercie de me laisser me préparer.

— Madame, je ne suis pas venu uniquement pour retrouver Diane, mais aussi et surtout pour vous avertir d'un danger vous visant personnellement.

L'hôtesse se figea. Armand en profita pour continuer son plaidoyer.

— Diane m'a confié à quels tourments de santé vous étiez exposée, et nous n'avons pu faire autrement que d'établir un lien avec notre enquête actuelle, dans le cadre de laquelle son industrie cosmétique a été un temps mis en cause. Il semblerait que quelqu'un de votre entourage cherche à vous administrer des substances nocives pour altérer votre santé, et attenter à votre vie. Votre défunt époux présentait tous les signes de l'intoxication à l'or. Puisque les cosmétiques produits par la firme de votre fille ne sont pas à l'origine de cette intoxication, il faut trouver une explication ailleurs. Mais il faut faire vite, chère madame. Auriez-vous des soupçons sur quelqu'un qui pourrait en vouloir à votre famille ?

Anne-Sophie Courtenay de Mardilly quitta l'air hautain qu'elle avait arboré tantôt et se radoucit devant les marques de sincère bienveillance du jeune inspecteur.

— Non, Armand, je n'ai aucun soupçon. Je ne connais aucun ennemi particulier à notre famille, et je n'ai jamais entendu parler d'un quelconque litige commercial ou financier. Mais si je suis empoisonnée, dans ce cas, Diane est-elle aussi en danger ?

— Selon toute vraisemblance, Diane est hors de danger de ce côté-là : elle ne présente aucun des signes d'intoxication à l'or, et les analyses effectuées sur ses cheveux ont révélé l'absence d'or dans son organisme. Madame, vous qui connaissez beaucoup de beau monde, peut être pourrez-vous nous éclairer. Qui fait partie de votre entourage commun avec mes parents et feu Henri de la Ribaudière ?

— Franchement, je n'en sais rien et je ne vois pas du tout. Nous fréquentons vos parents, mais en dehors de cela nos cercles de relations sont bien distincts, et si nous avons des amis en commun, je l'ignore.

Armand marqua un temps d'arrêt et regarda ses collègues, qui en vinrent à la même conclusion : les portes se fermaient peu à peu, et la marquise ne soupçonnait pas le moins du monde les gens à son service.

— Madame, connaissez-vous bien les personnes qui sont à votre service ? Je parle précisément des laquais, des femmes de chambre, des cuisiniers……

— Tous travaillent chez moi depuis des années, et m'ont toujours donné satisfaction, tant dans la qualité de leur service que dans leur comportement. Il faut dire qu'ils sont triés sur le volet, et nous ne les employons que sur recommandation. Je ne vois aucune raison de les mettre en cause…

Ils entendirent un chant. Une voix de jeune fille un peu lointaine, mais qui se rapprochait progressivement, et dont les paroles tranchaient sévèrement avec celles des chansons habituellement entonnées par des adolescents.

" *Enfants de la viticulture,*
Marchons sous le même étendard
La misère enfin est trop dure,
Il faut agir et sans retard (bis).
Argelliers nous donne l'exemple,
Suivons ce groupe de vaillants.
Agissons car il en est temps,
Des fraudeurs démolissons le temple.
Allons viticulteurs,

Notre pays se meurt.

La fillette s'arrêta au beau milieu de l'escalier et contempla ses auditeurs médusés.

Sa grand-mère prit un air scandalisé, tandis que le maître d'hôtel roulait des yeux effarés et les inspecteurs réprimaient avec peine un fou rire.

— Juliette, mon enfant, n'avez-vous pas honte ? Où diable avez-vous appris cette chanson ?

Juliette prit un air contrit. Elle répondit d'abord par une révérence avant d'oser prendre la parole.

— Souvent, ma chère grand-mère, je m'en vais promener à poney du côté des vignes, et j'entends alors vos gens chanter de la sorte.

— La chanson de la révolte des vignerons ! Sur mes terres !

La marquise allait s'emporter de plus belle, quand Armand prit la décision de la rassurer.

— Madame, étant donné l'actualité qui a secoué le pays durant le dernier printemps, je pense qu'il s'agit plus d'un acte de solidarité vis-à-vis des vignerons du Languedoc qui se sont insurgés contre le cabinet Clémenceau que d'un acte de défiance vis-à-vis de vous et de monsieur le Marquis. Il est fréquent que même ceux qui sont à l'abri prennent fait et cause pour ceux de leur corporation qui subissent les revers de fortune liés aux statuts d'agriculteurs indépendants, toutes classes sociales confondues.

La marquise s'apaisa et s'adressa à sa petite fille.

— Bien Juliette. Je vous pardonne pour cette fois, mais faîtes-moi le plaisir, à l'avenir, de chanter des chansons en lien avec votre condition de jeune fille et votre rang.

— Oui, grand-mère.

Juliette baissa la tête. Sentant soudain une forme insolite sous sa main, la retira de sa poche, et observa de près, au vu et au su de tous, un flacon de verre en forme de poire, empli d'un liquide jaunâtre et refermé par un bouchon taillé en goutte d'eau.

— Qu'avez-vous entre les mains, encore ?

— Du parfum, Grand-Mère. Du moins je le croyais, parce que je trouve que cela ne sent pas beaucoup.

La marquise prit le flacon, l'ouvrit et approcha le nez près du goulot.

— En effet, ce ne peut être du parfum, même passé. Cela n'a aucune odeur. Et sa couleur est bien étrange.

Armand s'avança. Il observa longuement le contenu du flacon, et le montra à Chassard et à Dubois, qui, après avoir observé la réaction de ses collègues, intervint enfin.

— Je crois que nous en sommes arrivés à la même conclusion, mes amis. Il s'agit bien, à en voir la couleur, d'une solution à base d'or.

Les yeux exorbités, la marquise se tourna vers Juliette, qui prit à nouveau un air coupable.

— Je m'ennuyais, alors j'ai voulu me déguiser, autrement qu'en princesse, pour changer un peu. Je suis allé dans la chambre d'Hortense....

— Juliette ! Ne savez-vous pas que la curiosité est un vilain défaut ?

— Il se pourrait qu'il ne soit pas si vilain que cela, répliqua Armand d'un ton qu'il voulut aussi rassurant que possible. Comment avez-vous trouvé ce flacon, jeune fille ?

— En fouillant dans les affaires d'Hortense, j'ai trouvé des habits de servante, je me suis déguisée avec, et j'ai trouvé ce flacon en bas de l'armoire.

— Malheureuse ! En avez-vous bu, ma fille ?

— Bien sûr que non, Grand-mère.

— Et bien au moins vous aurez eu cette présence d'esprit. Antoine, allez me chercher Hortense, je vous prie.

— Bien Madame.

Il revint au bout d'un quart d'heure, seul.

— Madame, je suis au regret de vous annoncer que je ne trouve Hortense nulle part.

CHAPITRE 40 – LA MAIN DANS LE SAC

— Je vais voir si Monsieur est disponible. Veuillez attendre au salon, je vous prie.

Le maître d'hôtel n'avait pas caché son étonnement, et son indignation à l'égard de cette visite à la fois inopinée et tardive. Peu importait à Diane, qui comptait sur l'effet de surprise pour déstabiliser son interlocuteur et lui faire avouer ses étranges transactions.

Dix minutes passèrent, sans que quiconque ne vienne l'accueillir. Que pouvait bien faire ce bougre ? Se doutait-il de l'interrogatoire qui l'attendait et cherchait-il à gagner du temps ? Préparait-il ses réponses soigneusement ? Diane se sentait profondément agacée, mais rien ne servirait de brusquer l'animal : à trop agiter le fouet on ne fait pas avancer l'âne. De la maîtrise et de la modération, surtout. Le mettre en confiance, le laisser parler, pour mieux le confronter à ses propres mensonges.

Une femme légèrement ronde, aux longs cheveux blonds et bouclés, à peu près de son âge, s'avança vers elle, un sourire avenant accroché aux lèvres. Diane étudia longuement son visage. Sans perdre sa superbe, la jeune femme haussa les sourcils.

— Nous nous connaissons, peut-être ?

Diane lui rendit son sourire, et quitta son air soupçonneux.

— Nous ne nous sommes jamais rencontrées, Madame, mais je me demandais où j'avais pu vous apercevoir auparavant, et je viens à l'instant de comprendre.

Le sourire de la mystérieuse hôtesse s'effaça légèrement, mais elle se reprit aussitôt.

— Et ?

— N'étiez-vous pas dans les rangs des solistes, durant la représentation du Requiem de Mozart à l'opéra Garnier, en ce début d'année ? Vous étiez la soprano, je crois ?

L'hôtesse se détendit.

— En effet, c'était bien moi. Vous avez bonne mémoire.

— Je suis assez physionomiste, en effet, et suis ravie de faire votre connaissance. Diane de la Ribaudière.

— Ravie également. Mon beau-père a un courrier urgent qu'il doit finir de rédiger, il m'a envoyé vous tenir compagnie le temps de terminer. Nous pourrions nous installer plus confortablement.

"Mon beau-père ? Carpentier a donc un fils marié ?»

L'hôtesse lui montra une banquette cossue, ornée de velours rouge et doré, et dont l'intégralité du dossier était complétée par une enfilade de coussins moelleux.

— Je vous en prie. Il ne va pas tarder à arriver.

L'hôtesse s'efforçait de se montrer avenante, mais Diane percevait, à certains moments, une expression hautaine, accompagnée d'un bien étrange rictus sur la commissure des lèvres que la jeune femme tentait en vain de réprimer.

"Elle n'est pas bien loquace, pour une femme censée tenir compagnie."

— Vous avez une voix très claire et pure ! Chantez-vous depuis longtemps ?

— Je vous remercie. Je chante depuis plus de vingt ans en chorale et depuis 15 ans comme soliste.

— Avez-vous chanté en opéra ?

— Non Madame, je suis attirée par l'opéra en tant que spectatrice, mais je n'aime pas en chanter les pièces. Je leur préfère les chants sacrés.

— Je vois…

Décidément, cette femme déclenchait en elle un malaise peu commun. Se considérait-elle, en tant qu'artiste, au-dessus de la mêlée, ou n'était-ce qu'une sensation infondée ?

D'un pas alerte, Carpentier fit son entrée dans le salon. Ce petit bonhomme aux allures napoléoniennes, avec sa mèche brune traversant son front, semblait toujours pressé.

— Me voilà, chère Madame, veuillez excuser l'attente que je vous ai imposée, mais je ne pouvais me soustraire aux obligations d'une correspondance qui ne pouvait plus attendre. Avez-vous eu le temps de faire connaissance avec Gabrielle ?

Diane lui adressa un sourire discret.

— Brièvement, oui.

— Puis-je vous proposer un apéritif ? En début de soirée et après un dur labeur, je m'accorde parfois un petit réconfort. Sauternes, Rivesaltes ?

Diane acquiesça.

— Un sauternes, s'il vous plaît.

— Gabrielle, je vous en prie, dit-il à sa belle-fille, apportez un verre de notre cuvée spéciale.

Gabrielle acquiesça d'un hochement de tête, disparut dans l'arrière salon, et en revint, tenant un verre ballon en cristal, empli d'un liquide à la robe intensément dorée, qu'elle tendit à Diane.

Une silhouette se dessina à l'entrée du salon. Une grande femme, blonde aux cheveux bouclés, les yeux d'un bleu profond. Une dame de belle stature, d'une soixantaine d'années, vêtue d'une robe de soie mate noire, surmontée d'une chemise à manches bouffantes en satin noir brillant, quelques boucles blondes s'échappant d'un austère chignon. L'expression de sévérité trahie par le regard tranchait avec la clarté du visage, aux traits encore fermes. Diane la reconnut immédiatement : c'était cette personne qu'elle et son père avaient croisée en sortant de leur loge, à l'opéra, et avec laquelle le vieux marquis, en plein malaise, avait échangé un bref mais intense regard, avant qu'il ne se détourne et se dirige vers le grand escalier.

Carpentier sourit, et, s'adressant à Diane :

— Je vous présente mon épouse. Antonella, venez saluer Madame de la Ribaudière et joignez-vous à nous.

— Monsieur Carpentier, sans vouloir vous offenser, je suis venue parler de la firme cosmétique. Cette conversation risque fort d'être ennuyeuse pour elle.

Le roublard afficha un sourire bienveillant.

— Détrompez-vous, chère Madame. Mon épouse et ma fille s'intéressent de près à mon activité de gestion au sein de votre firme. Comme toutes les femmes, elles sont férues de cosmétiques, et surtout ceux qui préservent la jeunesse. Et je n'ai rien à leur cacher, pour ma part.

"Une contre trois, cela va être délicat", pensa Diane. *"Tant pis. Faisons en sorte qu'il se détende"*.

— Je vous écoute, chère Madame. De toute évidence, le sujet à aborder est de la plus haute importance, pour vous amener à vous déplacer.

Le flot de paroles doucereuses de Carpentier n'empêcha pas Diane de percevoir le bruit insolite de verre découpé, venant de derrière les rideaux, sur sa droite. Le directeur général, dont l'esprit était manifestement tout à son discours, sembla ne pas l'entendre. Pas plus que les deux femmes qui l'accompagnaient.

— En fait, Monsieur Carpentier je tenais à faire le point sur l'administration de la firme, autre part que dans le cadre austère de l'usine, et sans le risque que nous soyons interrompus par les aléas divers. Le marché des cosmétiques est en pleine mutation, la demande est plus exigeante, mais plus diversifiée, et nous devons adapter notre offre et les prévisions relatives à notre production en fonction de cette évolution. Je pense en premier lieu à l'achat des matières premières, qui doit être rigoureusement calculé. Combien de pots de 50 millilitres de crèmes à base d'or avons-nous vendu cette année, et quelle hausse avons-nous enregistrée par rapport aux années précédentes ?

— Depuis quatre ans, environ, nos ventes augmentent d'environ 30 %, ce qui nous a amené à augmenter la production d'autant, compte tenu du fait que nous fonctionnons à flux tendus, comme vous le savez, pour réduire les risques de vol.

— Avons-nous adapté nos approvisionnements en or en fonction de cette hausse de 30 % ?

— Bien entendu, Madame, comment aurait-il pu en être autrement ?

— Pourtant, je constate un net recul de nos bénéfices. L'or se fait rare et cher, je ne vois qu'une hausse des prix de l'or pour impacter à ce point la marge bénéficiaire.

Carpentier marqua un temps d'arrêt.

— Comme vous l'avez dit, l'or se fait rare et cher. Nous avons fait appel à un courtier en métaux précieux, qui négocie le prix de l'or en fonction des créneaux horaires de livraison. Plus le créneau horaire est précis, plus l'or est cher. De même, les créneaux ne sont pas tous égaux : celui du lundi matin est beaucoup plus coûteux.

— Nous sommes donc livrés le lundi matin ?

— Oui, madame, systématiquement.

— Pourquoi ne pas choisir un créneau qui soit plus avantageux quant au prix de l'or au kilo ?

— Parce qu'il nous faut le minimum d'une semaine pour transformer l'or commandé en or colloïdal et l'intégrer dans les préparations cosmétiques de façon homogène. Si nous le recevions ne serait-ce que le mardi, nous ne pourrions pas l'utiliser dans son intégralité, ce qui entraînerait des coûts de gardiennage ou de location de coffre beaucoup trop importants. Même en nous faisant livrer à prix fort le lundi matin, nous restons gagnants.

"Je sais déjà ce que tu viens de m'expliquer... mais tu viens de commettre un premier mensonge, mon ami. Continuons, cela devient intéressant".

— Quelle quantité avons-nous commandé cette année ?

— Nous avons commandé en tout pour près de cinq cents grammes d'or, pour deux cent mille pots vendus.

— 500 grammes ?

Carpentier hésita.

— Il nous faut 5 % d'actif anti-âge pour un pot de 50 ml, ce qui nous amène à 2,5 ml par pot. Vous multipliez par deux cent mille, cela nous amène à cinq cents grammes.

— Cela ne me paraît pas beaucoup...

— C'est pourtant le montant total de nos commandes, en quantité.

"Deuxième mensonge. Tu t'enfonces, l'ami".

— Concernant nos perspectives de croissance, sommes-nous au maximum de notre capacité de production ? Si nos ventes devaient encore augmenter, faudrait-il investir en fours de fonte et de mixage ? En chaînes de distribution ? Dans une nouvelle usine de production ?

— Non, Madame. Cela n'est pas nécessaire, pour le moment. Avec l'installation existante, nous pouvons aller jusqu'à une production de 500 000 pots à l'année.

"Te voilà pris la main dans le sac. Tu es fait comme un rat".

Diane sourit à Carpentier, feignant un profond soulagement. C'était le moment d'attaquer...

— Dans ce cas, Monsieur Carpentier, pourquoi une partie de l'or a-t-elle été acheminée vers une distillerie ?

Le directeur général avala sa salive, et fixa son invitée.

— Une distillerie ? Quelle distillerie ?

— Une distillerie placée à Ivry sur Seine, et où a été acheminée une partie non négligeable de nos achats en or.

— Je ne suis pas au courant. Pouvez-vous m'expliquer, chère Madame ?

Diane s'arrêta un moment. Sa vue se brouillait. Autour d'elle, les murs dansaient, semblaient se rapprocher. Elle fronça les sourcils, rassembla ses forces pour recouvrer une vue nette.

— Quelque chose ne va pas, Madame ?

— Un trouble passager, rien de grave. Reprenons, Monsieur Carpentier. Tout d'abord, nous ne sommes jamais livrés le lundi, étant donné que c'est justement le jour où notre transporteur attitré octroie un repos à ses livreurs, en plus du dimanche. Nous sommes livrés continuellement le mercredi matin, ce qui nous laisse largement le temps de transformer l'or brut en or colloïdal et de l'incorporer aux préparations qui sortent tout juste de la chambre de réfrigération. Croyez-moi, j'ai questionné notre fournisseur, nos ouvriers et notre chef d'entrepôt, qui m'ont répondu avec grande précision. Par ailleurs je détiens la preuve, écrite noir sur blanc, que la progression des approvisionnements en or ne correspond en rien à celle de notre production.

Carpentier avala de nouveau sa salive, n'osant intervenir. Galvanisée par cette grisante sensation de le confondre, Diane poursuivit son réquisitoire.

— Notre production croît de 30 % chaque année, c'est l'un des rares points sur lesquels vous n'avez pas menti. En revanche, chaque année, nos approvisionnements réels en or augmentent non pas de 30, mais de 60 %, ce qui nous amène à un approvisionnement de près de 800 grammes, ce qui est à la fois énorme et suspect. Les quelque 300 grammes qui n'arrivent pas à notre unité de production sont acheminés vers la distillerie placée à 15 kilomètres de l'usine principale. Or, vous l'avez dit vous-même, notre capacité de croissance de production au sein des locaux actuels ne justifie en rien la délocalisation de notre usine ni un complément de production dans d'autres locaux. J'ai mené mon enquête : la fonction de cette distillerie est la dissolution de l'or payé avec les liquidités de ma firme par des moyens chimiques et dont le résultat est totalement nocif. Je comprends beaucoup mieux, à présent, l'agacement de nos actionnaires quant à la baisse de nos bénéfices.

Elle s'interrompit, à nouveau en proie à des vertiges, et fit un nouvel effort sur elle-même.

— Que faites-vous avec cet or, Monsieur Carpentier ? Quelle est son utilisation ?

Carpentier resta calme, regarda fixement son épouse, puis sa fille, et se leva de son fauteuil. Puis il marcha, lentement, autour du fauteuil de Diane.

"Lui debout et moi assise… il cherche à me dominer…"

Elle voulut se lever mais n'en trouva pas la force. Carpentier émit un léger rire, et posa une main sur son épaule.

— Ne vous forcez pas, cela est inutile. Chère Madame, je ne comprends pas de quoi vous parlez. Je n'ai pas connaissance de cette distillerie. Si vous avez acheté de l'or en quantité supérieure à celle dont nous avons besoin pour produire les cosmétiques, je n'en ai pas été avisé. Si cet or, commandé en sus, est acheminé vers une distillerie, l'ordre ne vient pas de moi.

— J'ai… j'ai de nombreux témoignages attestant que vous êtes bien le commanditaire…

— Les témoignages ne seront pas crédibles, Madame. Les ouvriers sont d'anciens malfrats.

— C'est vous qui les avez recrutés, Carpentier.

— Tout ce que j'ai fait, c'est de vous présenter quelques malheureux qui avaient fort mal démarré leur vie et de vous suggérer de leur donner une seconde chance, mais les contrats de travail sont paraphés et signés de votre main. Comble de l'infortune, votre fournisseur, frappé d'interdiction de réaliser des actes de commerce, exerce en pleine illégalité, et de surcroît par le truchement d'un courtier notoirement véreux qui est décédé il y a quelques mois. Il y a fort à parier qu'il sera bientôt arrêté pour avoir violé cette interdiction. Pour conclure, vous êtes la seule à pouvoir signer les ordres de commande, et c'est bien votre seule signature qui figure dessus.

— Je vous avais laissé des actes de commande en blanc, Carpentier, afin que vous puissiez agir dans l'intérêt de l'entreprise quand j'étais indisponible.

— Je n'en ai pas souvenir, Madame… et qui croira une femme qui se drogue ?

Le cœur de Diane s'emballa. Elle transpirait à présent, et les vertiges se faisaient de plus en plus intenses.

— Je… je ne me drogue pas.

— Bien sûr que si, je le sais… Si vous persistez dans vos allégations, Madame, sachez que je me défendrai et, pour ce faire, je serais malheureusement dans l'obligation de révéler que vous avez recours à des substances stupéfiantes… on ne pourra pas vous en vouloir : la solitude est une souffrance qui fait perdre la maîtrise de notre volonté et de notre lucidité, parfois… Il ne sera pas difficile de constater la présence de substances illicites dans votre organisme, celles que vous venez de consommer demeurant plus de deux mois dans le sang.

La nébuleuse s'intensifia, les murs commencèrent à valser. Diane ne vit plus qu'un mur tacheté de blanc et de noir, et sentit bientôt son esprit s'enfoncer dans un tourbillon, un cyclone qui semblait ne pas avoir de fin.

CHAPITRE 41 – L'ÉCHAPPÉE BELLE

La disparition d'Hortense plongea la marquise dans la stupeur.

— Quand l'avez-vous vu pour la dernière fois ? demanda Armand.

— Il y a environ trois quarts d'heure. Pas davantage.

— Monte-t-elle à cheval ?

— Oui, mais il ne manque aucun cheval dans l'écurie. Je sais en revanche qu'elle a une bicyclette… elle s'en sert pour se promener.

— A-t-elle de la famille dans les environs ?

— Ses parents demeurent sur Savigny, à environ 20 kilomètres.

— Nous allons tenter de la rattraper. Sa fuite ne me dit rien qui vaille. Elle aura sans doute entendu notre conversation et doit savoir quelque chose.

Il s'inclina devant Anne-Sophie de Mardilly.

— Je la retrouve très rapidement, Madame. Mes hommages.

Les trois inspecteurs sautèrent dans l'automobile et Chassard démarra en trombe, faisant crisser les pneus de la Dion-Bouton. Ils eurent tôt fait de regagner la route, et, au bout de dix minutes environ, les phares de l'automobile éclairèrent une masse sombre qui évoluait le long de la chaussée. Une femme, en long manteau noir, pédalait, visiblement essoufflée. Ils la dépassèrent et la voiture s'immobilisa sur le trajet de l'étrange baladeuse.

— Hortense Leclerc ?

La jeune femme hocha la tête, épuisée.

— Vous allez nous suivre, jusqu'à nos bureaux.

Armand la fit monter dans l'automobile, tandis que Rosier chargeait le vélo dans le coffre. Ils se rendirent directement à la section criminelle. Chassard entama l'interrogatoire. Il martela chacune de ses questions de sa voix forte et marquée par un accent gascon prononcé.

— Mademoiselle Leclerc, depuis combien de temps vous êtes employée chez Madame Courtenay de Mardilly ?

— Depuis quatre ans environ.

— Comment êtes-vous arrivée à son service ?

— Leur servante précédente était décédée des suites d'une maladie. Je venais juste d'achever ma formation, mais n'avais pas encore d'emploi. Un ami de la famille "de Mardilly", qui connaissait mon père, m'a recommandée, et je suis arrivée.

Chassard montra le flacon de liquide doré à Hortense.

— Ce flacon vous appartient-il ?

La jeune femme regarda le flacon un bref instant, et détourna les yeux.

— Non, Monsieur.

— Vous mentez, Mademoiselle. Ce flacon a été découvert dans vos affaires, en bas de votre armoire. Expliquez-moi comment il a pu y apparaître s'il ne vous appartient pas ?

Hortense resta muette.

— Savez-vous ce qu'il contient ?

— Non, Monsieur.

— Si je résume, vous détenez une substance inconnue, bien cachée au fond de votre armoire, sans connaître son contenu ?

Hortense gardait le silence, serrant fiévreusement le pendentif à l'effigie de la Vierge Marie dans sa main. Armand intervint. Il prit une voix qu'il fit la plus douce possible.

— Mademoiselle. Il n'est pas dans notre volonté de vous inculper si vous êtes innocente, mais au contraire de vous aider. Si quelqu'un a fait pression sur vous, nous saurons en tenir compte et vous aiderons à vous défendre : nous pouvons imaginer que vous avez été prise dans un terrible piège. Vous pouvez vous en sortir et nous sommes là pour vous tendre la main. Mais pour cela il faut vous défendre et nous dire la vérité.

Hortense éclata en sanglots.

— Je ne voulais pas. Je vous assure que je ne voulais pas. Je ne savais pas ce que je faisais, au début. Quand le vieux marquis est mort, c'est là que j'ai compris ce que j'avais fait. Mais il était trop tard…

— Je ne comprends pas, Mademoiselle. Reprenez depuis le début, s'il vous plaît.

— Mon père travaille à l'usine. Quand j'ai eu terminé ma formation pour servir dans les grandes maisons, mon père a demandé autour de lui qui connaissait du monde qui pourrait m'employer. La servante de Madame Mardilly venait de décéder d'une longue maladie. Un homme qui connaît mon père m'a recommandée auprès d'elle. Peu de temps après que j'ai été engagée, cet homme m'a fait mander un jour où j'étais de congé par un cocher et convoqué dans sa demeure, dans son bureau. Il m'a tendu un flacon semblable à celui-là et m'a ordonné de répandre une quantité régulière dans les mets du marquis et de la marquise, juste avant de les servir à table. Il a précisé que ce liquide était inodore, et n'avait pas de saveur, qu'il était impossible de le détecter. Je lui ai demandé pourquoi, il m'a conseillé sèchement de ne poser aucune question.

— Vous pouviez refuser de le faire.

— Dans un premier temps, j'ai refusé. Mais cet homme m'a clairement expliqué que si je refusais, mon père perdait son emploi, qu'il ferait en sorte de l'empêcher d'en retrouver un et que de ce fait mes parents n'auraient plus aucun revenu pour nourrir mes frères et sœurs, qui sont encore bien jeunes. Et il n'a pas cessé de me répéter que mon père et moi lui devions nos emplois chez les Mardilly et dans l'usine de cosmétique des La Ribaudière. Je ne voulais pas leur faire de mal, monsieur l'inspecteur. Je vous jure que je ne voulais leur faire aucun mal.

— Pourquoi votre père était-il l'objet d'un tel chantage ?

— Il y a quelques années, il a volé de la nourriture, pour pouvoir nous nourrir, tous. Il a été arrêté et mis en prison. Et quand il est sorti, il a été employé par cet homme.

— Je comprends. Savez-vous s'il a usé de ce procédé avec d'autres jeunes femmes, d'autres familles ?

— Non monsieur l'inspecteur. Je l'ignore. Vous savez, mon père ne parle pas de son travail, et je vois très peu mes parents à présent. Juste pendant mes jours de congés. Je reste dormir au château des Mardilly le plus souvent.

— Quand vous avez compris que ce liquide était un poison, qu'avez-vous fait ?

— J'ai arrêté de le verser dans les aliments de Madame de Mardilly. Un homme de confiance de ce monsieur qui emploie mon père me donne rendez-vous régulièrement, pendant mes jours de congés, pour que je lui amène le flacon vide et qu'il me donne un flacon plein en échange. Mais les flacons pleins, je les vide dans la nature dès que j'arrive à m'isoler un peu, pour qu'il croie que j'ai fait ce qu'il voulait. C'était la seule solution pour moi de ne plus faire cette chose horrible et permettre à mon père de garder son emploi, en même temps. Malheureusement, depuis que j'ai reçu le dernier flacon, je n'ai pas eu le temps de m'en occuper et d'en jeter le contenu. Madame reçoit souvent sa petite fille Juliette chez elle, car la maman de la petite est souvent très occupée et la lui confie. Mais Madame sort souvent, et me la confie à son tour. La petite s'ennuie beaucoup, je crois…

— Hortense. Comment s'appelle l'ami des Mardilly, celui qui vous a recommandée ?

— Carpentier, Monsieur. Jean-Louis Carpentier.

CHAPITRE 42 – NOTRE PÈRE QUI ÊTES ODIEUX

Assise confortablement sur le canapé, Gabrielle attendit patiemment que Diane ouvrit les yeux et fut en état de comprendre ses paroles. Ce moment était son moment, et personne ne le lui enlèverait. C'était l'heure. L'heure qu'enfin elle sache toutes les injustices qu'elle, Gabrielle, avait subies, par sa faute. L'heure que sa rivale comprenne à quel point elle était piégée. L'heure où elle devait prendre la vague de plein fouet. L'heure qu'elle en vienne à regretter même d'être venue au monde…

Diane était trop faible pour réagir, pour penser. Elle regardait Gabrielle, hagarde, mais devenait suffisamment lucide pour comprendre ses paroles et mesurer la gravité de sa situation.

Gabrielle lui sourit.

— Prête ?

— Pourquoi, "prête" ? Vous allez me tuer à présent ?

— Vous tuer ? Mon Dieu, non. Nous avons bien mieux à faire. Mais, avant qu'il ne vous arrive ce qu'il va vous arriver, je tenais à ce que vous compreniez. Je tenais à ce que vous ne vous posiez plus de questions sur le pourquoi de votre devenir, et que vous sachiez à quoi vous en tenir.

— C'est fort charitable à vous.

— Je le suis en tous les cas bien plus que ne l'a été notre père.

— "Notre père" ? De qui voulez-vous parler : de votre père, ou du mien ?

Gabrielle appuya son bras sur l'accoudoir du canapé, et y posa sa tête.

— C'est le même, ma chérie.

Diane resta sans voix.

— Bien sûr, Jean-Louis a été comme un père pour moi : il m'a nourrie, habillée, élevée et donné beaucoup d'affection. Énormément d'affection. J'ai été choyée... autant que peut l'être la fille d'un bourgeois. Mais, voyez-vous, ce n'est pas tout à fait comme si j'avais eu une famille normale. Pas comme si j'avais pu bénéficier des honneurs réservés à votre milieu. J'aurais pu avoir mon vrai père, à mes côtés, mais je n'ai eu qu'un beau-père.

Elle marqua un temps d'arrêt, puis reprit.

— Car il se trouve que mon véritable père est en fait... le vôtre... Edmond Courtenay de Mardilly, de noble naissance, propriétaire de trois châteaux à vocation viticole, à l'abri du besoin et figure incontestée d'une famille reconnue et privilégiée du beau monde... Vous avez dû en profiter allègrement, des bals de la haute société...

— Quelle est cette nouvelle plaisanterie ?

— Plaisanterie ? Vous êtes, ma chère, bien loin du compte... Dans le même temps, je ne peux que comprendre, cela ne doit pas être évident de se découvrir une sœur cachée au bout de tout ce temps...

Elle observa un silence, afin de laisser à ses phrases produire tout leur effet, puis reprit, sur un ton ironique.

— Imaginez un peu, quarante ans ou presque en arrière, un jeune homme de belle famille, notre père, conter fleurette à une jeune blanchisseuse, ma mère. Leurs lectures, leur amour de la nature, était le ciment de leur passion. L'idylle était si forte et si vraie que le jeune homme ne put s'empêcher de faire connaître son désir, et la jeune blanchisseuse n'eut pas le cœur ni la force de se refuser... Et ce qui devait arriver, arriva : moi.

Elle sourit et poursuivit son récit.

— Malheureusement, la jolie blanchisseuse, dans sa douce innocence et son engouement, n'avait pas imaginé un seul instant que le jeune homme ne songeait pas à s'engager auprès d'elle, et qu'il obtempérerait sans un seul mot de protestation aux projets de mariage que ses parents avaient formés, en accord avec les parents de Madame votre mère. Monsieur notre père cessa alors de correspondre avec la jolie blanchisseuse, qui resta bien en peine avec un bébé sur les bras… Fort peu de temps elle resta dans l'embarras, heureusement, car elle rencontra un jeune marchand, qui, ne pouvant avoir d'enfant, épousa la mère et reconnut la fille, la faisant passer pour sienne. Le marchand ayant lié complicité avec la mère, se fit expliquer son infortune et prit fait et cause pour elle. Quelques années plus tard, le marché textile en pleine expansion le rendant plus riche même que certaines nobles maisons, il entreprit de se rapprocher de vous et de votre époux d'alors, dont il gagna la confiance au point de se faire nommer directeur général de votre firme. Parallèlement, il constitua un réseau, qu'il nomma "Le Nid", et qui avait pour mission de voler au secours des orphelines et des enfants abandonnés, en majorité des filles. Certaines de ces filles, qui avaient un début d'éducation, étaient reversées dans des familles en tant que servantes. Les jolies filles sans grand potentiel arrivaient dans des maisons closes. Toutes sont reconnaissables au moyen d'un tatouage représentant une hirondelle, à la naissance de la nuque. Parallèlement, Jean-Louis décida d'aider d'anciens malfrats dont la peine était purgée à se trouver une nouvelle place dans la société : certains furent donc embauchés dans des usines pour y servir d'ouvriers.

Gabrielle alluma les bougies d'un candélabre et prit une profonde inspiration.

— C'est ainsi qu'ayant placé, où il le souhaitait, nombre de ses protégés, mon beau-père mit en marche la dernière phase de la revanche qu'il considérait comme due à ma mère et à moi-même, ainsi qu'à toutes les malheureuses personnes vivant et travaillant à s'en rompre l'échine dans les pays colonisés par notre belle France pour extraire et fondre les métaux précieux : puisque votre père, votre mère et tous ceux de leur caste tuaient les gens à petit feu pour de l'or, il était naturel qu'ils meurent par l'or, à leur tour. Ainsi, toutes les familles trempant dans les trafics et l'exploitation de l'or ont été intoxiquées par le biais d'un procédé que vous devez certainement connaître par cœur, étant si admirative de Diane de Poitiers : l'or potable, qui causa la perte de la noble Dame obnubilée par l'idée de rester jeune éternellement. Très simple, au fond, comme procédé : une association d'acides utilisée, par voie de distillation, à dissoudre l'or. Votre défunt époux, les parents de votre ex-fiancé, vos propres parents à plus forte raison, en ont fait les frais… en plus de quelques familles, nobles ou non, qui se sont mêlés, de près ou de loin, à ces trafics…

— Pourquoi ne pas me tuer, directement ?

— Pourquoi ? Parce qu'il nous faut bien un coupable, chère amie. Si vous restez en vie, avec tout ce beau monde mourant autour de vous et toutes les preuves vous accablant, vous devenez la coupable idéale, tandis que, si vous étiez amenée à mourir de la même façon, vous deviendriez victime, et il faudrait chercher ailleurs un autre coupable. Non, croyez-moi, c'est bien mieux ainsi.

Restée jusqu'ici souriante, presque euphorique, Gabrielle se renfrogna subitement et prit un air sombre.

— Et puis, ainsi, ma chère sœur, tu auras tout le loisir de méditer sur ce qu'amène un bien mal acquis, une vie et une abondance non méritées. Tu sauras ce que c'est d'être sale et de manquer de nourriture. Tu sauras ce que l'on ressent quand on se sait abandonnée par ce qui aurait dû être notre père. Pour vous, il était le père idéal… ma chérie, il n'était qu'un leurre. Mais maintenant, il a payé. Voilà qu'il a récolté les fruits de sa trahison, et toi, celle de ton imposture, puisque jamais tu n'aurais dû naître. Tout ce que tu as aurait dû être à moi. C'est moi, moi qui devais être à ta place, avec ma mère, aux côtés de mon père. De notre père.

Gabrielle regarda autour d'elle, puis le plafond, et se laissa aller dans un interminable éclat de rire.

— "Notre Père qui êtes aux cieux". Non, pas de cieux pour lui, cela sonne mal. Je dirais plutôt "Notre père, qui êtes odieux".

Puis, retrouvant soudain son sérieux.

— C'est fini, ma belle. Pour toi et pour ta mère. Terminé. "Finito, basta" comme dirait la mienne. Figure-toi que ton joli petit parti de féministes a aussi été infiltré par notre réseau. Nous n'avons pas été longues à déceler les quelques fêlures qui sont le talon d'Achille de ta mère et de la rallier à certaines causes…. A l'heure qu'il est, elle est certainement en train de se livrer à l'une de ces messes noires dont nos filles ont le secret… Je ne donne pas cher de sa peau, à l'issue… en attendant, prends une petite gorgée de notre "cuvée spéciale", ça va faire glisser ce que tu viens d'avaler…

Gabrielle approcha la bouteille de la bouche de Diane, tandis qu'Antonella lui tenait la nuque. Diane se débattit, tourna la tête pour ne pas boire davantage de vin drogué, mais la mère la força à regarder vers le plafond, permettant à Gabrielle de déverser le liquide dans la bouche de leur rivale. Puis, elle reposa la carafe de vin. Les deux femmes délièrent les cordes qui lui maintenaient les membres contre les accoudoirs et les pieds du fauteuil et lui firent face.

Profitant de cette baisse de vigilance, Diane recula la tête, et, de toutes ses forces, cracha le liquide aux yeux des deux femmes. Carpentier, jusqu'ici occupé à son bureau, accourut dans la pièce, armé d'un pistolet en entendant la scène qui se jouait. Mais au moment où il entrait, la fenêtre du salon vola en éclat. Hubert, l'homme de confiance de Diane, fit irruption dans la pièce et lança sa chambrière en direction du bras du marchand, happant ainsi l'arme qu'il n'avait pas encore eu la possibilité de pointer vers la jeune marquise. Pénétrant à leur tour dans le salon à travers la fenêtre, deux autres hommes s'avancèrent et s'emparèrent d'Antonella, très agitée, tandis que Gabrielle saisit une épée posée sur le mur et en menaça Diane, qui saisit le vase posé sur le guéridon et le lança en sa direction pour faire diversion, le temps de saisir à son tour une épée. S'ensuivit une longue séance d'escrime, pendant laquelle les deux rivales, rapides et acharnées, croisèrent le fer. Diane désarma finalement Gabrielle, et plaça sa lame sous la gorge de sa "demi-sœur". Désespéré de voir la partie se perdre si facilement, Jean-Louis Carpentier profita de l'inattention d'Hubert, occupé à surveiller les rebondissements dans ce duel féminin, pour se glisser derrière lui et passer son bras autour de la gorge du majordome.

Son étreinte fut de courte durée : un déclic se fit entendre derrière son crâne. Un bruit métallique bien connu et caractéristique d'une arme de poing dont on vient d'armer le marteau.

Une voix grave, mais suave, vint interrompre le silence.

— Mesdames, Messieurs. Fin de la représentation. Plus personne ne bouge.

CHAPITRE 43 – MEA CULPA

Armand maintint son arme pointée vers le dos de Carpentier, tandis que Chassard et Dubois s'approchèrent pour le menotter, avec grand peine, l'homme se débattant autant qu'il le pouvait. Lenormand se chargea d'Antonella, qui ne montrait pas plus de calme, tandis qu'Armand vint à la rescousse de Diane, qui tenait encore Gabrielle en respect avec son sabre. Tout ce petit monde fut réparti dans deux fiacres différents afin d'éviter les mutineries.

Le jeune inspecteur lissa sa moustache, affectant un air manifestement inquiet. Il se dirigea vers Diane, qui se détourna afin de l'éviter.

— Diane, je vous en prie, ne vous enfuyez pas.

Elle s'arrêta mais continuait de lui tourner le dos. Il poursuivit.

— Mon intention n'est plus de vous arrêter. Je connais à présent la vérité. Les investigations que nous avons menées sur divers plans ont conduit à vous mettre hors de cause, et nous avons entendu tout ce que Gabrielle vous a avoué. Nous rédigerons tous les trois notre rapport en conséquence et je vous adresse pour ma part mes plus humbles excuses pour l'aveuglement dont j'ai fait preuve. Mea culpa, Diane.

Diane se retourna et l'observa avec précision. Il semblait sincère : ses yeux étaient empreints d'une expression toujours aussi déterminée, mais triste.

— Comment avez-vous pu entendre ? D'où venez-vous ?

— Ce serait trop long de tout vous expliquer, Diane, mais nous sommes arrivés au moment où vous vous êtes réveillée, attachée sur votre fauteuil. Hubert avait découpé au diamant une partie de la vitre, pour mieux entendre ce qui se disait. Ainsi nous avons pu profiter de tout l'argumentaire. Nous les avons laissé intervenir en premier, pour mieux figer tout ce petit monde par la suite et interpeller les Carpentier dans les meilleures conditions.

— Qu'allez-vous faire, à présent ?

— Il faudrait amener les Carpentier jusqu'à nos locaux, mais je ne peux vous laisser cette charge : à votre arrivée, nos collègues vous regarderaient avec suspicion. Malheureusement nous ne pouvons vous accompagner, car nous devons nous rendre en d'autres lieux.

— Sur les lieux d'une certaine messe noire, je suppose ?

— En effet.

— Je veux venir avec vous.

— Non, Diane, c'est beaucoup trop dangereux.

— Armand, aussi curieux que cela puisse vous paraître, ma mère est là-bas, et de plus, vous manquez de personnels et de moyens pour surveiller les Carpentier, ce que mes hommes peuvent faire. Vous aurez besoin de tous vos collègues pour maîtriser les protagonistes de la messe. Laissez-nous venir avec vous. Nous resterons à l'écart.

Armand réfléchit quelques instants, hocha la tête, et se résigna. C'était effectivement la seule solution susceptible de concilier tous les impératifs. Il soupira.

— C'est entendu. Au cas où nous nous perdrions de vue, voici l'endroit exact de la fameuse cérémonie.

— Je vous remercie. Partez devant nous. Nous resterons au large de l'endroit que vous avez indiqué.

CHAPITRE 44 – LE COUP DE FILET

La lune pleine éclairait le lac de Bois-le-Roi d'une intense lumière bleutée, qui traversait, dans un même élan, la forêt dont les pins centenaires s'élevaient à l'infini, tels les piliers d'une immense cathédrale aux arcades se distinguant à peine. Les températures froides de la fin d'automne créaient d'épaisses brumes au-dessus du lac, couvrant les mousses, les pieds des arbres et les branchages, révélant d'insolites senteurs de bois mouillé, de sapin et de résine. Les brindilles et les feuilles craquaient sous les pas des inspecteurs de la future Brigade du Tigre. Une atmosphère singulière se dégageait de ce paysage si contrasté : était-ce un spectacle ordinaire, ou la certitude d'un péril qu'ils sentaient avancer vers eux à grand pas ?

Ils étaient là. Tous. L'intégralité de la brigade mobile de la Préfecture de la Seine était réunie, en ce soir fatidique où tout pouvait basculer. Tout avait été soigneusement réparti, pensé, anticipé : la reconnaissance des lieux, le repérage des voies carrossables, la surveillance des alentours, l'approche de la cabane où aurait lieu la messe noire, l'intervention des policiers et la neutralisation des protagonistes. Mais l'heure était encore à la discrétion, car l'oiseau n'était pas encore entré dans son nid.

Il ne fut cependant pas long à montrer son bec. Un fiacre tiré par deux chevaux fit son entrée dans la haie de bouleaux menant à la cabane, et suivit au pas le chemin caillouteux blanchi par la lumière lunaire qui l'y menait. Puis il stoppa sa course, juste devant l'entrée de la bâtisse. Trois silhouettes sombres dont la tête était recouverte d'une capuche pointue en sortirent, et firent glisser du plancher du fiacre un long fardeau qu'elles maintinrent à l'horizontale, deux d'entre elles soutenant la partie la plus lourde, et la troisième empoignant l'autre extrémité du fardeau, sensiblement plus étroit. Les trois "encapuchonnés" le transportèrent à l'intérieur de la cabane. La messe noire allait certainement débuter.

Chaque minute comptait, et il s'agissait d'être méthodique. Caché dans les fougères, l'inspecteur qui était dans l'axe de l'entrée, à une cinquantaine de mètres, envoya, à l'aide de sa lampe torche, un signal bref à ses voisins de droite, lesquels les répercutèrent à tous les inspecteurs de première ligne qui entouraient la cabane. Ils avancèrent à plat ventre, heureusement couverts par les brumes et les branchages, jusqu'à ce que la limite du bois soit atteinte, à dix mètres de la miteuse construction.

Huit inspecteurs constituaient la première ligne : un inspecteur par façade, et un à chacun des coins. Celui faisant face à l'entrée envoya un premier signal de comptage. Un éclair de lampe, une sentinelle en façade, donc. Le second inspecteur, situé au premier coin, envoya un éclair unique à son collègue de la façade Est, qui ajouta un éclair. Le troisième inspecteur répercuta à son voisin de la façade nord. Deux éclairs, deux sentinelles. En fin de course, le comptage total revint à l'intervenant de la façade Sud. Quatre sentinelles surveillaient la cérémonie qui allait se jouer, comme le précisait le billet de "l'Hirondelle".

Chaque inspecteur de façade avisa une branche au-dessus de lui, la happa au moyen d'un poids relié à une corde, et tira pour la faire casser. Ce bruit sec fut suffisant pour attirer l'attention des sentinelles, qui s'approchèrent. Les fourrés bougeaient. Quelle bête pouvait bien faire autant de raffut ? Un sanglier peut-être.

Un linge de coton chloroformé rapidement appliqué sur la bouche et le nez, tandis que leurs mains étaient rapidement entravées par les menottes, et les sentinelles ne furent plus en mesure de surveiller ni donner l'alerte. Un nouveau signal lumineux ordonna aux inspecteurs de seconde ligne de s'approcher et prendre en charge chacune d'elles, les menant dans les véhicules de police où elles furent solidement attachées et étroitement surveillées.

Phase "Un" de l'intervention terminée. Olivier et La Mothe donnèrent le feu vert pour la phase Deux.

Un inspecteur approcha, se colla derrière le mur de la cabane, contre lequel il ne pouvait être vu. Le réquisitoire avait commencé. La maîtresse de cérémonie, de sa voix caverneuse, passait en revue tous les crimes du condamné.

— Antony Desmoulins, tu es accusé d'avoir manipulé, forcé deux de tes servantes à consentir, sous la menace et par le chantage, à des faveurs sexuelles qu'elles t'avaient refusées…

Le malheureux se défendait et clamait son innocence. Les harpies n'allaient pas tarder à prononcer la sentence et à l'exécuter. Il fallait agir. Maintenant. Chassard envoya cinq éclairs de lampe, marquant ainsi le début de l'intervention, tandis que les prêtresses chantaient en latin le rituel de mise à mort. Il s'élança, enfonça d'un solide coup de pied la porte de la cabane, qui vola en éclat, et, suivi d'Armand et Dubois, puis de Lenormand et Rosier, il entra en trombe dans la bâtisse, devant les yeux ébahis des six prêtresses et du "condamné" qui perdit aussitôt connaissance.

Ils encerclèrent la tablée, chacun forçant une des protagonistes à poser les mains contre un mur et à se laisser menotter. Armand en avait pris deux à sa charge, menottant l'une et tenant l'autre en respect dans le même temps : le courrier de « l'Hirondelle » évoquait six prêtresses. Or, ici, il y en avait sept, les inspecteurs n'avaient donc pas pu anticiper leur infériorité numérique. Quitter des yeux ces deux femmes et se diriger vers le seuil de la porte de la maisonnette pour appeler les inspecteurs de deuxième ligne à la rescousse était exclu, sous peine de laisser échapper ses deux prisonnières.

C'est le moment que choisit l'une des deux femmes pour feindre un malaise, obligeant Armand à l'accompagner jusqu'à terre pour ne pas lâcher sa prise et éviter d'être déséquilibré. L'autre en profita pour enrouler autour de sa gorge une ficelle de chanvre trouvée pendue sur le mur, qu'elle sera suffisamment pour laisser entrevoir qu'elle était capable d'aller jusqu'au bout de son intention. Elle le força à marcher vers la sortie, faisant signe à l'autre femme d'assurer leurs arrières. Si elles ne pouvaient exiger la libération de toutes, elles deux au moins avaient les moyens de s'enfuir. L'autre femme regarda au-dehors puis fit signe à sa complice de sortir de la cabane, avant de sauter sur le siège du cocher et de s'emparer des rênes. Arrivée au seuil de la porte de la maisonnette et juste devant celle du fiacre, celle qui semblait être le cerveau de l'organisation cria d'une voix grave et ferme, en appuyant chacune de ses syllabes :

— Peu importe combien vous êtes, et je m'en moque, mais si vous faites le moindre geste, vous pourrez dire adieu à votre collègue !

Olivier et La Mothe firent signe de ne pas réagir. La prêtresse força Armand à monter dans le fiacre, et gravit à son tour les marches, avant de rentrer dans l'habitacle. Elle prit place et s'assit sur une des deux banquettes, tenant toujours Armand qu'elle avait forcé à s'agenouiller devant elle.

L'angle était parfait, tandis qu'un rayon de lune éclairait idéalement l'intérieur du fiacre.

Telle un coup de tonnerre, une détonation retentit dans la nuit.

CHAPITRE 45 – AU CLAIR DE LA LUNE

Après la détonation, le silence complet.

Tout le monde resta figé, ne sachant que comprendre. La prêtresse avait relâché l'étreinte de la ficelle placée autour du cou d'Armand, et demeurait adossée à la banquette du fiacre. Le jeune homme n'avait eu que le temps de voir un bras armé d'un pistolet passer par la fenêtre du fiacre et, soudain, une auréole de feu sortir du canon de l'arme, dans un claquement bref mais assourdissant. Tandis qu'il avait cru sa dernière heure venue quelques instants plus tôt, il était à présent sain et sauf. Le bras s'était retiré de la fenêtre. Il se retourna : la prêtresse gisait, assise, la bouche et les yeux grands ouverts, un orifice circulaire au milieu du front.

Le tireur était calmement descendu du rebord de l'habitacle, où il était monté pour se hisser à bonne hauteur et disposer du meilleur angle, quelques secondes plus tôt. Il attendit les réactions avant de se montrer.

— Qui a tiré ? hurla le commissaire divisionnaire Olivier, La Mothe marchant sur ses pas. Qui a tiré ?

— C'est moi !

La voix, grave, venait de derrière le fiacre. Les inspecteurs de seconde ligne encerclèrent le véhicule, et découvrirent un individu aux formes généreuses, les bras levés.

— Qui êtes-vous ?

— Diane de la Ribaudière.

— Vous êtes en état d'arrestation !

Armand intervint.

— Attendez ! Je vous en prie, attendez, Monsieur : elle vient de me sauver la vie. La personne qui venait de me prendre en otage est morte. Sans l'intervention de Madame de la Ribaudière, elle m'aurait supprimé une fois hors de portée.

Olivier et La Mothe firent à nouveau le tour du fiacre, passèrent la tête par la porte de l'habitacle et constatèrent qu'en effet, la criminelle qui avait pris leur inspecteur en otage et avait menacé de le tuer venait de passer l'arme à gauche.

On entendit un cri perçant. Une voix de femme, suraiguë, émanant du devant du fiacre, de la banquette du cocher plus exactement. Elle descendit en hâte, bientôt maintenue par deux inspecteurs. Ses cris se mêlèrent aux sanglots.

"Ma sœur, ma sœur ! Vous avez tué ma sœur !"

La Mothe fit signe aux inspecteurs de l'amener à l'intérieur de la cabane, où attendaient les autres. Olivier s'adressa à Diane d'un ton sec.

— Vous ? Que faites-vous ici ?

Armand intervint à nouveau.

— Diane nous a aidés, en début de soirée, à interpeller trois autres criminels en rapport avec les affaires que nous avons en charge. Ce serait trop compliqué et inapproprié de vous l'expliquer en de telles circonstances, mais je vous prie de croire qu'elle est du bon côté et que nous n'avons pas eu d'autre choix que de les amener en marge de cette opération.

— Qui les surveille ?

— Trois hommes qui sont à mon service, Monsieur, répondit Diane avec aplomb.

— Pourquoi n'êtes-vous pas restée avec eux ?

Diane fit face à Olivier, les yeux rivés à ceux du divisionnaire. Elle en avait affronté d'autres.

— Ma mère fait probablement partie de ces femmes. Cela vous convient-il, comme explication, Monsieur le Divisionnaire ? Et me le reprocheriez-vous, quand vous étiez dans l'impossibilité de neutraliser cette femme alors que l'un de vos inspecteurs était en danger ?

— Nous l'aurions condamné à mort si nous avions fait quoi que ce soit !

— C'est bien pour cela qu'il fallait un intervenant extérieur, que cette femme n'attendait pas.

Le divisionnaire resta muet. Diane avait, hélas, marqué un point, mais il s'agissait de ne surtout pas l'admettre devant elle.

— Restez à l'écart, cette fois. Pour de bon !

Olivier la toisa, puis détourna les yeux, avant de revenir dans la maisonnette.

— Bien ! Que tous les masques tombent, à présent !

Chassard, Dubois, Lenormand et Rosier firent basculer les capuches vers l'arrière, et enlevèrent les loups que les prêtresses portaient pour dissimuler leur visage. Des minois que les inspecteurs avaient soigneusement étudiés quand leurs commissaires leur avaient fait passer les photos transmises par la Brigade des renseignements généraux. Toutes issues du réseau nommé "le Nid", reconnaissables à l'hirondelle tatouée sur la base de leur nuque. Depuis la fenêtre de la rustique bâtisse, Diane observait, et reconnut non seulement l'oiseau tatoué, mais aussi la serveuse de l'opéra, qui avait servi son père et avait fait mine, au moment où elle l'avait hélée pour porter secours à son père, de ne pas l'entendre. Elle reconnut aussi deux militantes de son parti politique "les Frondeuses", qu'elle n'avait aperçues que de loin, et avec lesquelles elle n'avait jamais pris le temps de converser, trop occupée aux diverses batailles menées par le parti. Quelle erreur avait été la sienne de ne pas surveiller davantage les origines de ses sympathisantes !

Et, sans grande surprise, elle vit sa mère. Sa mère, Anne-Sophie Courtenay de Mardilly, de noble naissance et femme respectable selon toute apparence, impliquée dans une affaire de crimes en série. Quel gâchis... Le regard de Diane croisa celui d'Anne-Sophie, qui baissa la tête en direction du sol. Un échange qui n'échappa pas à la sœur éplorée de la prêtresse.

On fit déplacer le fiacre que les deux sœurs avaient voulu utiliser pour s'enfuir, et qui enfermait toujours le corps, puis on approcha les voitures destinées à transporter toutes les protagonistes de la messe noire, que l'on fit sortir, les unes après les autres, menottes aux poignets serrés derrière le dos. Un inspecteur maintenait le bras à chacune, entre la sortie du cabanon et l'entrée des véhicules de police. La sœur de la prêtresse défunte, en queue de file, continuait de pleurer, et marchait en se balançant légèrement de gauche à droite. Au moment où elle sortait de la maisonnette, elle vit, sur sa gauche, la silhouette de Diane.

C'était elle. C'était la femme qu'elle avait vu discuter avec le divisionnaire. C'était celle qui avait tué sa sœur. La pleureuse se balança de plus belle, et, constatant que l'inspecteur chargé de la surveiller ne semblait plus s'en émouvoir, décida d'agir sans plus tarder. Se balançant une dernière fois plus intensément encore, elle déploya toute l'énergie dont elle disposait pour bousculer l'inspecteur Lenormand, qui tomba à terre. Un coup de pied dans l'entrejambe le fit se plier en deux, saisi d'une douleur lancinante. Elle s'assit à terre et bascula vers l'arrière, permettant ainsi à ses longs bras de faire le tour de ses jambes recroquevillées et de ramener ses mains devant elle. Puis elle se leva d'un jet, s'empara en un éclair du pistolet de Lenormand, et visa Diane. L'angle ne lui était pas très favorable, mais elle était certaine, malgré tout, de la toucher. Dubois, qui avait perçu quelques bruits suspects, tourna la tête et vit Lenormand à terre. À ses côtés, Anne-Sophie de Mardilly se retourna à son tour, et remarqua instantanément la silhouette arc-boutée de son ancienne complice, pointant l'arme en direction de Diane. Elle se précipita en direction de sa fille tandis que la forcenée fit feu, juste avant d'être atteinte par le tir de Dubois.

La marquise de Mardilly s'écroula. De leur côté, les inspecteurs immobilisèrent l'hystérique blessée, qui avait lâché son arme, tandis que Diane se précipitait vers sa mère. Elle la prit dans ses bras, tout en la berçant et en pleurant.

— Maman, Maman… pourquoi avez-vous fait cela ?

Anne-Sophie sourit faiblement.

— Crois-moi, ma chérie, c'est mieux ainsi. Je n'aurais pas supporté la prison, et la mort est une douce rédemption comparée à ce qui m'attendait derrière les barreaux, comparé à ce que j'ai traversé par le passé et au souvenir de ce que j'ai fait. Je n'aurais pas pu m'en sortir d'autre manière…

Diane lui prit la main. Sa mère poursuivit.

— Je suis condamnée, depuis que je me suis laissée aller à confier mes états d'âme, mais je ne regrette rien des actions que j'ai menées. Ton père était assez beau, mais je n'ai jamais pu supporter ces relations intimes que le mariage m'imposait sans qu'on n'ait recueilli mon consentement. Certaines le vivent bien, mais moi je n'ai pas su. Être sous le joug d'un maître que ce soit un père ou un mari, est une ignominie. Cela a achevé de me révolter quand j'ai su l'usage que l'on faisait de certaines jeunes filles, dans quelques soi-disant "bonnes maisons" autant que dans les maisons closes. Ma chérie, vivez, toi et ta fille. Ne vous mariez plus par obligation. Ne va pas gâcher ton avenir, et surtout, surtout, ne fais pas subir à ta petite Juliette ce que nous avons subi, toutes deux. Dis-lui que j'ai eu un accident, ou autre chose. Ce que tu veux, du moment que cela ne la torture pas trop. Occupe-toi d'elle, et embrasse-la pour moi…

Diane vit le regard de sa mère soudain se figer, et son faible sourire s'effacer. Elle leva la tête, et contempla l'assemblée interdite, muette.

La Lune… l'illustre emblème antique de son prénom n'aurait plus à ses yeux le même rayonnement, plus le même éclat.

CHAPITRE 46 – MYSTÈRES ET CONFIDENCES

Armand descendit du fiacre, un bouquet de roses jaunes dans la main droite, et un paquet sous le bras gauche. Il fit signe au cocher de l'attendre et franchit nonchalamment les marches de l'escalier du château. Du dehors, il entendit quelques notes de musiques jouées au piano. Un air qui ne ressemblait en rien à des compositions de Beethoven, Chopin ou Wagner. Une musique plus légère, laissant imaginer un paisible réveil après un sommeil réparateur. De sa main libre, il cogna le heurtoir de la porte d'entrée. Le maître d'hôtel ouvrit, lui adressa un sourire bienveillant et le salua chaleureusement, puis l'invita à entrer.

— Madame sera enchantée de vous revoir, Monsieur. Vous voudrez bien patienter un peu dans le hall d'accueil, elle termine son cours de piano.

— Certainement Hubert, je vous remercie.

Armand s'assit sur l'un des canapés Louis XVI qui composaient le salon du château. Tout en profitant des notes jouées au piano, de l'autre côté de la porte. L'air était plus distinct, plus fluide également. Il entendit le professeur commenter.

— Rappelez-vous, Madame, que cette note-là doit être piquée. *Staccato !* je vous prie, et une reprise en *legato* juste après… voilà, c'est beaucoup plus fidèle à ce qui est écrit, et la rupture plus nette, l'entendez-vous ? Nous allons arrêter là pour aujourd'hui. Vous continuerez aussi à travailler la Grande Valse Brillante de Chopin. Et souvenez-vous justement à propos pour cette valse, concernant les mesures dont nous avons parlé : *staccato* ! Je veux entendre un bourdon, non pas un percheron !

Un petit homme à l'air jovial et aux lunettes rectangulaires, une large mèche traversant son front, apparut sur le seuil de la porte du salon, et dirigea son regard droit vers la sortie, en souriant. Il remarqua la présence d'Armand, et après l'avoir salué très ouvertement, alla droit en direction de la porte d'entrée qu'il franchit sans hâte, ni épanchement. Hubert fit signe à Armand d'entrer. Diane était debout, le coude appuyé sur la cheminée, et tenait une tasse dans sa main. Elle avait quitté son austère robe noire et blanche rayée de doré, et arborait une robe en camaïeu de verts, assortis à ses yeux. La blouse blanche laissait apparaître une lavallière en dentelle délicate. L'ensemble était rehaussé d'une parure composée d'un tour de cou simple orné d'une pierre de jade et de pendants d'oreilles de la même pierre. Une toilette féminine et joyeuse qui lui allait à ravir. Quand leurs regards se croisèrent, ils échangèrent un sourire et Armand s'inclina bien bas pour saluer sa nouvelle amie.

— Voilà une bien charmante apparition, chère Diane. Auriez-vous enfin décidé de laisser entrer la couleur dans votre vie ?

Diane sourit à nouveau.

— En effet, Armand, j'ai fait voler en éclat cette austérité qui avait fini par m'habiter, après avoir compris, par ces aventures, que j'avais accumulé les activités pour remplir ma vie, pour ne pas ressentir la solitude du veuvage. J'ai voulu les embrasser toutes, mais j'en ai perdu la maîtrise, et, par-dessus tout, j'ai oublié que ma fille avait besoin de moi. Fort heureusement son bon sens l'a empêchée d'avaler ce poison, mais l'ennui où elle était plongée aurait pu lui coûter la vie. Aussi ai-je décidé de me concentrer sur elle et sur la firme que m'a laissé Henri. Je continuerai à monter à cheval mais je confie la gestion de mon haras à mon régisseur et à un cavalier professionnel, j'envisage de vendre certaines propriétés de mes parents et de laisser le reste à mes sœurs, qui auront de quoi entretenir ce qui leur revient. J'abandonne les rênes du parti politique que j'avais fondé, auquel je n'aurais plus aucune part et où mon nom ne figurera plus. En résumé, je fais le ménage. Et vous ? Comment vous sentez vous ? Avez-vous pu vous reposer, une fois tout ce beau monde sous les verrous ?

— Si vous saviez, j'ai dormi pendant deux jours. J'allais oublier : voici un petit quelque chose pour votre jolie Juliette, et pour vous ces quelques roses jaunes, symboles de mon amitié.

— Armand, quelle gentillesse, vous exagérez. Vous lui donnerez son cadeau tout à l'heure, voulez-vous ? Juliette termine son cours de théâtre.

— Une comédienne et une pianiste ensemble ! Une vraie famille d'artistes. En parlant de cela, quel est l'air que vous jouiez quand je suis arrivé ?

— C'est un des mouvements de la suite bergamasque de Claude Debussy, le Clair de Lune. Cette composition a déjà quelques années, mais elle a été publiée il y a seulement deux ans.

— Cela change de nos grands classiques. Décidément beaucoup de choses évoluent, dans notre belle France, même la musique. L'époque semble être propice aux grandes révolutions : les droits des femmes, la musique, la soif d'une plus grande liberté, et d'un plus grand respect. Les régimes monarchiques s'éloignent, et, après quelques hésitations, la République gagne du terrain, peu à peu...

— Qui sait si la République sera un véritable vecteur de liberté ? Et pour qui ? Je le vois depuis cette fameuse loi 1905 : les catholiques sont de plus en plus mis à l'écart. Les réactions épidermiques des anticléricaux et antimonarchistes vis-à-vis de la noblesse et de l'Église mèneront bientôt, je le crains, à une sorte de « chasse aux sorcières » aveugle et sans limites. D'un extrême, nous risquons de passer à un autre....

— L'avenir nous le dira.

Armand prit un air plus sombre.

— Diane, je voulais vous dire… puisque vous avez à cœur de respecter l'engagement fait à votre père, et qu'une réelle amitié naît entre nous, je ne m'opposerai plus au mariage que nos parents ont envisagé.

— Armand, comme vous l'avez si bien dit à l'instant, beaucoup de choses évoluent. Perdre mes deux parents en une année a été bien douloureux, mais me voilà délivrée des pressions parentales et bientôt, des charges liées aux propriétés dont j'ai décidé de me séparer. Plus rien ne justifie le sacrifice de votre liberté, et je souhaite ne pas vous imposer ce que vous ne désirez pas au fond de vous-même. Ma mère avait consenti à un mariage dont elle a été prisonnière sa vie durant, et, vous l'avez vu, en définitive ni elle ni la femme que mon père a aimée dans sa jeunesse n'ont été heureuses. Je ne veux pas vous infliger cette torture d'un mariage non assumé, Armand. De plus, nous n'avons pas les mêmes orientations politiques, ce qui mettrait notre union en danger. Si nous restons bons amis, cela m'ira parfaitement. Vous êtes libre, et moi je vais réapprendre à apprécier la vie.

Armand ne répondit rien, mais il prit les deux mains de Diane, s'inclina et posa un baiser appuyé sur chacune d'elles.

— Quand je pense à tous mes mauvais jugements à votre égard, j'en éprouve une honte profonde. J'ignorais que vos quelques rudesses n'étaient pas véritablement le fait de votre caractère, mais de l'éducation que vous aviez reçue. Ainsi votre père vous a élevée comme un fils, pour remplacer celui qu'il n'a pas eu. J'imagine le poids qui a dû être le vôtre pendant toutes ces années, et j'admire tous les talents que vous avez développés. J'ai à présent la plus grande estime pour vous.

Diane sentit les larmes monter dans ses yeux. Mais elle se reprit rapidement et lui sourit à nouveau, troublée de recevoir de sa part tant de bienveillance, enfin.

— Vous venez de me faire un bien joli compliment, Armand, je vous en remercie. Votre estime me touche… beaucoup.

— Cela doit vous changer de mes méchantes taquineries passées.

— Vous n'avez pas toujours été tendre, en effet…

— Depuis notre plus tendre enfance, je vous ai malmenée.

— Cessez de vous en faire le reproche, et passons à autre chose, voulez-vous…

Un ange passa. Armand se mordit les lèvres. Diane s'en amusa.

— Allez-y, posez votre question, mon ami.

— Vous m'arrêterez si je deviens indiscret. Mais comment avez-vous découvert que Jean-Louis Carpentier vous volait et œuvrait contre vos intérêts ?

— Vous souvenez vous des soupçons dont je vous ai fait part il y a quelques mois sur la fiabilité et la loyauté des membres du conseil d'administration à mon égard ?

— Je m'en rappelle, en effet.

— J'ai suivi mon intuition, et j'ai entrepris de vérifier la comptabilité de l'entreprise. Les bénéfices avaient sévèrement chuté, provoquant la baisse des redistributions aux actionnaires, qui commençaient d'ailleurs à constituer un début de fronde. Les registres et comptes de bilan faisaient apparaître des achats en matières premières plus importantes depuis quatre ans. Trop importantes, par rapport à la hausse de production effectivement obtenue. Des augmentations en achat d'or, précisément, comme vous l'avez souligné quand vous m'avez interrogée. J'ai été voir le fournisseur, qui m'a révélé qu'une partie de l'or avait été acheminée vers une distillerie, qui n'était pas l'unité de production destinée à la transformation de l'or brut en or colloïdal. Je m'y suis rendue et j'y ai trouvé le laboratoire auquel était destiné ce surplus d'or commandé.

— Et le fournisseur vous a donné ces éléments… gracieusement ?

— Non, bien sûr, je lui ai un peu forcé la main… à ma manière.

— Laquelle ?

— Je suis comme les chats, la nuit, je passe inaperçue, je grimpe aux balcons, et rends quelques visites opportunes… dit-elle avec un clin d'œil.

— Diane, vous êtes incorrigible ! Mais pourquoi diable n'êtes-vous pas venue m'en parler ?

— Armand, à ce stade de mes investigations, je marchais sur des œufs : tout m'accusait : les commandes de matières premières étaient signées en mon nom, je n'avais donc aucune preuve que tout avait été fait à mon insu. J'étais piégée. Il me manquait des éléments pour le montrer, pour être enfin crue, et vous et moi n'étions pas en excellent termes, rappelez-vous…

— Mais quel était l'objectif de la famille Carpentier ?

— La mère et la fille voulaient me faire payer les privilèges dont ma mère et moi avions bénéficié à leur place, quand mon père a répondu à ses obligations de mariage – et d'alliance – avec une autre noble famille, et Monsieur Carpentier voulait les pleins pouvoirs de la firme. Faire en sorte que je ne sois pas intoxiquée, multiplier les preuves contre moi, atteindre mon entourage. Tout faisait de moi la coupable idéale, la criminelle sans scrupule qui tue par avidité de pouvoir et d'argent… ils ont été à deux doigts de réussir, quand on y pense…

— C'était compter sans votre intelligence… mais dites-moi, pourquoi vous être déguisée en fantôme noir, dans la forêt ?

— Un jour que ma mère avait dormi chez moi en prétextant un début de grippe, je l'ai entendue sortir du château à la nuit tombante. J'ai regardé à travers les vitres du salon. Elle s'était recouverte d'une sorte de cape noire, dont elle avait rabattu la capuche, laquelle portait un curieux dessin. Cela m'a intriguée. Je me suis changée, ai laissé partir le fiacre, puis je l'ai suivie à cheval, jusqu'à cette petite cabane au fin fond de la forêt de Fontainebleau. J'ai laissé mon cheval au loin, puis je me suis approchée et ai regardé à travers les fenêtres. Ce que j'ai vu était insoutenable. Cela m'a énormément choquée, pendant de nombreux jours. Cet homme, qu'elles ont mutilé et tué, froidement, simplement. Je n'aurais jamais imaginé ma mère mêlée à cette barbarie !

Le sourire de Diane s'effaça.

— Après cela je l'ai surveillée et faite surveiller, souvent, pour comprendre. J'ai ainsi appris que ces femmes se réunissaient la veille ou l'avant-veille de ces messes noires. Je l'ai donc à nouveau suivie alors qu'elle se rendait à l'une de ces fameuses réunions. En vous voyant, j'ai compris qu'elle allait être démasquée et j'ai sonné l'alerte, avec le cor de chasse pour qu'elle réalise qu'il y avait quelqu'un dans les parages et les risques qu'elle courait.

— Je comprends mieux votre trouble, ce fameux jour où je vous ai rendu visite. Mais vous rendez-vous compte que vous étiez complice, en faisant cela ?

— Armand, avais-je le choix ? C'était ma mère. Et je pensais parvenir à la remettre dans le droit chemin. J'ai agi…

— En votre âme et conscience, je le conçois. Mais vous avez pris des risques. Votre emblème sacré, le H entouré de deux D, sur le tapis de selle de votre cheval, était une signature. Je n'ai pas eu beaucoup de mal à retrouver votre cheval, d'autant qu'il présentait des caractéristiques rares, pour un frison.

— Ce qui signifie que je ferais une piètre criminelle.

— Il est des domaines où mieux vaut manquer de compétences… mais quand j'y pense, Diane, vous avez une belle équipe, autour de vous : un maître d'hôtel qui est à la fois un précepteur pour votre fille, un conseiller financier et un garde du corps et un cocher, votre jardinier qui est dans le même temps professeur de tir et d'escrime, un régisseur conseiller juridique également spécialisé dans la gestion immobilière… il est dans votre tradition familiale de multiplier ainsi les compétences ?

Diane sourit à nouveau.

— Ils sont tous un peu mes anges gardiens. Mon père était fasciné par les esprits qui savaient s'adapter à beaucoup de situations. La famille d'Hubert est employée par la nôtre depuis des générations, et mon père avait vu en lui un garçon doté de multiples aptitudes. Il lui a payé des études qui lui permettraient de s'épanouir et de s'investir davantage dans les affaires et la protection de notre famille. Mais la tâche d'Hubert devient un peu lourde, du fait de mes futures transactions. Je vais devoir le soulager un peu et chercher un nouveau précepteur pour Juliette.

— C'était un visionnaire, votre Marquis de père….

— Oui. Il était très traditionaliste par certains côtés, mais totalement d'avant-garde dans d'autres domaines. Il avait tout organisé pour nous protéger, nous, sa famille, mais aussi les gens qui travaillent pour elle depuis des générations. C'était un homme d'une richesse intérieure incroyable. Il me manque beaucoup. Et ma mère aussi, quoiqu'elle ait fait.

Elle resta un instant pensive.

— À moi de me montrer indiscrète : qu'est devenu ce jeune policier qui s'est enfui pendant que vous m'interrogiez ?

— Volatilisé ! Il n'est pas revenu à son service, a abandonné son appartement sans rien dire au propriétaire. Nous ignorons où il est à cette heure. Quel dommage : nous aurions pu le défendre. Le divisionnaire Olivier aime à jouer aux personnages acides, mais il défend les fonctionnaires de bonne foi, d'autant que l'intervention de Defresne a été capitale dans la résolution de l'affaire des castratrices.

Le silence s'installa. Armand et Diane regardaient par la baie vitrée les étendues qui entouraient le château. L'hiver s'invitait plus tôt que d'ordinaire, mais il habillait de pureté et de clarté cette fin d'année 1907. Une année finalement bien tumultueuse…

CHAPITRE 47 – UN NOUVEAU DÉPART

Une mèche de cheveux tomba dans le lavabo en marbre gris fissuré de la miteuse chambre d'hôtel. Puis une deuxième. Une troisième et une quatrième suivirent. Quelques poils vinrent rejoindre les cheveux sacrifiés. Des mains ramassèrent les vestiges de cette vie déjà ancienne et les jeta dans la corbeille en métal rouillé qui jouxtait le vieux meuble en bois piqué. Elles vinrent sous le robinet se purifier, avant d'empoigner fermement la serviette-éponge. Le peigne lissa les cheveux vers l'arrière. Dans le creux de la main droite, la main gauche déposa quelques grammes d'une épaisse crème beige-rosé, dont le majeur s'empara aussitôt. En quelques cercles concentriques, la crème avait recouvert le visage, masquant ainsi les moindres imperfections de la chair.

Il se regarda dans le miroir calé au-dessus du meuble. La chevelure épaisse et hirsute avait fait place à une coiffure disciplinée, fine et courte, d'homme du beau monde. La moustache, émincée, était celle d'un dandy élégant et distingué. Le teint jadis brouillé, un peu mat, s'était éclairci.

Il s'habilla, passa un dernier coup d'éponge sur ses chaussures neuves, et rejoignit le fiacre qui l'attendait au-dehors pour l'amener vers une nouvelle vie.

C'est presque sans s'en apercevoir qu'il arriva devant l'imposante porte d'entrée du château. Il mit pied à terre, vérifia sa mise et se regarda à nouveau dans le reflet de la vitre du fiacre. Plus rien ne lui rappelait son passé. Pas même cette hideuse cicatrice courant le long du nez jusqu'à la commissure des lèvres : elle était devenue invisible. Non, plus rien ne le reliait, désormais, au jeune homme qui arpentait jadis les rues de Paris sur son humble bicyclette, sa cape de policier de la Préfecture de la Seine se déployant, telles les ailes d'une hirondelle.

Un maître d'hôtel hautain mais au regard bienveillant, l'accueillit. Le visiteur se présenta. La maîtresse de maison arriva en bas de l'escalier qui menait dans le hall d'entrée.

— Qui est-ce, Hubert ?

Hubert se retourna vers Diane.

— Le nouveau précepteur, Madame.

ÉPILOGUE

Le 30 décembre 1907, les douze premières brigades régionales de police mobile étaient officiellement instaurées par décret.

Le 1er août 1913, la Police Judiciaire s'installait au 36, Quai des Orfèvres à Paris.

De nouveaux textes réglementaires portaient les Brigades du Tigre au nombre de quinze en 1911, puis à dix-neuf en 1938

Créée en 1907 juste après les brigades mobiles, la *Brigade des Renseignements Généraux* devenait, en 1937, la *Direction des Services de Renseignements généraux et de la Police administrative.*

QUELQUES ÉLÉMENTS D'HISTOIRE

Une idée, une vision de départ

« *En notre âme et conscience* » fut une simple idée de départ. J'avais l'envie de mettre en scène Georges Clémenceau, personnalité puissante aux mille facettes, dont je développerai plus tard le parcours et les traits de caractère.

Dès le début de la conception du roman, deux scènes me sont venues en tête. La première scène, dont je ne suis pas véritablement sûre qu'elle ait eu lieu dans la réalité, c'est la première scène du roman, celle réunissant le Tigre, Célestin Hennion et Louis Lépine. La seconde vous sera exposée plus tard. Pourquoi les avoir réunis ? Tout simplement parce que chacun avait une puissance personnelle et, aussi, un certain sens de l'altruisme, qui les a conduit à changer les choses de façon profonde. Louis Lépine, en tant que Préfet de la Seine (aujourd'hui rebaptisée Préfecture de Paris) a profondément réformé la sécurité dans la capitale. Je reviendrai plus précisément sur son œuvre plus tard.Célestin Hennion était agent des chemins de fer, avant de grimper dans la hiérarchie de cette administration. C'est l'idée de l'utilisation des voies ferrées comme l'un des moyens privilégiés de déplacement des futures nouvelles forces de l'ordre qui a donné à Célestin Hennion cette idée de brigades mobiles, futures brigades du Tigre. Et, dans cette même année 1907, Hennion a eu aussi l'idée de la création des Renseignements Généraux. Même si ce service et sa finalité étaient très contestés et montrés du doigt, c'était un coup de génie qui a contribué à rétablir l'ordre dans le pays et en particulier à Paris.

De plus, Célestin Hennion et Georges Clémenceau se connaissaient déjà, depuis l'affaire Dreyfus. Ils ont tous deux contribué, avec l'aide du colonel Picquart, à prouver l'innocence du capitaine juif et à le faire réhabiliter, en 1906. Chacun connaît la loyauté de l'autre, son sens profond de la justice et son refus des préjugés sur l'origine ethnique et la confession d'une personne. C'est donc tout naturellement que Georges Clémenceau nommera Hennion Directeur de la Sûreté Générale le 30 janvier 1907 et soutiendra ses projets de création des brigades mobiles.

Georges Clémenceau, quant à lui, est ministre de l'Intérieur depuis le 14 mars 1906 et nommé président du Conseil (= premier ministre) le 25 octobre 1906 par le président de la République Armand Fallières, en remplacement de Ferdinand Sarrien, démissionnaire pour cause de maladie.

Il a donc, au moment de réformer l'Intérieur, totale latitude pour appuyer les idées de Célestin Hennion et faire adopter le 30 décembre 1907, le décret portant création des *« brigades régionales de police mobile »* nom officiel des brigades du Tigre. A cette logique de réunion de trois personnalités hautement influentes s'ajoute la nécessité de résumer, aussi simplement que possible, la situation sécuritaire en France, et, plus précisément, la situation criminelle. En 1906, pas moins de 103.000 affaires criminelles sont restées non élucidées. De nos jours, ce nombre peut sembler dérisoire. A l'époque, c'est colossal, et les perspectives pour 1907 s'annoncent encore plus graves. Avant la création des brigades mobiles, les criminels sont dotés d'engins motorisés quand les quelques policiers et gendarmes sont encore à cheval ou à bicyclette. Les policiers sont contraints d'abandonner les courses poursuites et l'impunité des malfrats s'accroît. Ce n'est que par le gros effort financier consenti par Clémenceau que la police française sera bientôt équipée d'engins motorisés, à commencer par les De Dion-Bouton.

Cette scène marque aussi un tournant dans les rapports entre Lépine et Hennion : si ces autorités, jusqu'ici, travaillaient de concert, on voit en même temps s'amorcer la future guerre entre la *« sûreté générale »*, dirigée désormais par Hennion, et la Préfecture de la Seine, représentée par Lépine, guerre rendue bientôt effective à compter de l'installation effective des brigades mobiles régionales. Les échanges froids, bien que relativement diplomates, entre les deux personnages, laissent présager des désaccords et de la rivalité de ces deux chefs du fait de la cohabitation des futures brigades mobiles avec la police parisienne. Ce sera effectivement bientôt la « guerre » entre les deux entités.

Voitures De Dion-Bouton modèle 1904 (à gauche) et 1908

NAISSANCE DES BRIGADES DU TIGRE:
Les prémisses de la police judiciaire

Le climat social et sociétal

La « Belle Époque », désignant une période allant de 1880 à 1914, est une période finalement paradoxale, contrastée. Elle est marquée d'un côté par les très grands progrès techniques et scientifiques (électrification, essor des chemins de fer, apparition de la bicyclette et de l'automobile, découvertes médicales) et de l'autre par l'exode rural et l'accroissement d'un prolétariat ouvrier mal payé, secoué de mouvements revendicatifs se traduisant par des grèves dures. C'est le terreau idéal pour le développement du communisme marxiste et l'anarchisme des libertaires, qui refuse toute hiérarchisation de l'individu. Les anarchistes s'organisent, prônent la destruction de la société selon eux trop structurée via leurs journaux le plus souvent clandestins. Des actions violentes, tels des attentats à la bombe, sont perpétrés, notamment par l'un des plus connus, RAVACHOL.

Ces groupuscules sont surveillés de près. Cela n'empêche pas, en 1894, l'assassinat du Président de la République Sadi Carnot par l'anarchiste Sante Geronimo Caserio, ni, en 1905, les attentats contre le président Loubet et le roi d'Espagne Alphonse XIII, qui en ont réchappé de grande justesse.

« L' état des lieux » policier en 1907 : le désert

Pourtant championne de la centralisation administrative, la France n'est pas structurée en matière de police.

La seule structure efficace est la police spéciale des Chemins de Fer, dont est issu Célestin Hennion.

Créée à l'origine pour assurer la sécurité des gares et des voyageurs, elle est rapidement détournée pour devenir une police politique, vouée à la surveillance de tout individu susceptible de menacer l'État et l'ordre public.

Le maintien de l'ordre public et la répression des infractions, crimes et délits, relèvent de deux organisations très différentes et sans lien entre elles : la gendarmerie et les polices municipales, dont sont uniquement dotées les communes de plus de 5000 habitants. Mal formés, trop peu nombreux, les gendarmes ont une compétence territoriale limitée, ce qui vaut aux criminels l'impunité totale, dès lors que la bonne idée leur vient de changer de canton ou même de commune. Les commissaires de police demeurent sous l'autorité des maires qui procèdent au recrutement de leur personnel, et conservent jalousement leurs prérogatives, telles des « féodalités policières » qui restent inefficaces face aux organisations criminelles.

En 1896, dans toute la France, 87.073 sont restés impunis et seulement 43448 personnes sont emprisonnées. En 1906, ce chiffre grimpe à 103.419 affaires non élucidés pour moins de 25.000 emprisonnements.

Les progrès de la police technique et scientifique

A Paris, Alphonse Bertillon, fils d'un médecin et anthropologue, lui-même passionné par l'anthropologie, entré à la Préfecture de Police comme commis auxiliaire aux écritures, est affecté au classement des fiches signalétiques des individus arrêtés.

Conscients de l'inadaptation de l'administration policière à la criminalité, les malfrats changent sans arrêt d'identité. Or, Bertillon a observé que le squelette de chaque adulte présente des dimensions invariables et propres à chaque individu, et imagine alors un système de onze mensurations osseuses.

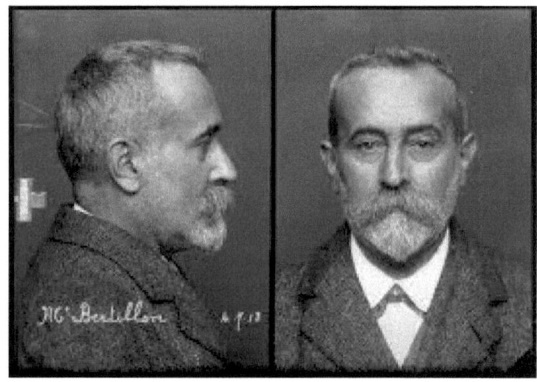

Bien que largement critiqué, il obtient le soutien du Préfet de la Seine Louis Lépine qui lui a donné trois mois pour prouver l'efficacité de sa méthode. En deux mois, Bertillon a accumulé près de six cents fiches. Le 16 février 1883, un cambrioleur récidiviste, connu sous une autre identité, est formellement identifié à l'occasion d'un cambriolage dont l'auteur est arrêté en flagrant délit. En 1893, la préfecture de police crée sous les combles du Palais de Justice un service de l'identité judiciaire à la tête duquel est nommé Bertillon.

Il réalise un rapprochement d'affaires commises par Ravachol, établit la véritable identité du criminel (François Claudius Koenigstein, déjà condamné pour un vol et un assassinat crapuleux). Plus tard, Bertillon adopte la dactyloscopie inventée par les Britanniques Henry et Galton, et qui s'appuie sur l'unicité et l'immuabilité des dessins des empreintes digitales formées par les crêtes papillaires de l'extrémité des doigts. Le criminel Scheffer est ainsi identifié.

A Lyon, le jeune professeur Edmond Locard, à la fois docteur en médecine et juriste, fait le lien entre la médecine légale et son impact sur l'enquête criminelle. Selon lui, les preuves matérielles trouvées tant sur les lieux du crime que sur le suspect et ses vêtements peuvent le confondre, ou, au contraire, l'innocenter. Il persuade le préfet de Lyon de créer un laboratoire de police dont il prend la tête.

Ce laboratoire est le premier laboratoire de police scientifique au monde. Son domaine de recherche s'élargit très rapidement : au départ concentré sur les tâches de sang ou de sperme, il englobe très bientôt toutes formes d'analyses de poisons, de balistique, les bris de porte, les serrures, les percements des coffres forts, la fausse monnaie, les parasites et insectes nécrophages, les poux (c'est d'ailleurs par l'analyse de ces bêtes et de leurs variétés qu'il permet d'innocenter un suspect, non porteur des mêmes poux que ceux de la victime), l'analyse des explosifs et des bombes. Dès le début, Edmond Locard travaille étroitement avec les « mobilards » et leur rendra justice, en leur attribuant la disparition des crimes dans les campagnes.

Créateur de la criminalistique, il est également le grand défenseur de la coopération policière internationale, qui est à l'origine d' Interpol.

La bande à Pollet ou « le crime de trop

En 1904, Abel Pollet sort de prison et élargit ses activités criminelles. Son organisation prend tour à tour le nom de « bandits d'Hazebrouck » ou de « chauffeurs du Nord » (appellation venant du fait que les criminels brûlent les pieds de leurs victimes pour les obliger à dire où se trouve leur fortune). Rapidement, la bande à Pollet passe à l'assassinat, tout en écumant la région, attaquant les fermes et villages en plein jour, laissant des traces et indices que la police et la gendarmerie sont incapables d'exploiter. En 1906, l'assassinat à Violaines d'un couple de vieux fermiers et de leur fille provoque une prise de conscience collective et les députés décident d'interpeller le gouvernement à l'Assemblée nationale. L'opinion s'insurge notamment, contre les décisions successives du président de la République du moment, Armand Fallières, opposé à la peine de mort, de gracier systématiquement les assassins envoyés à l'échafaud par les jurys populaires, quelle que soit l'horreur de leur crime. La Bande à Pollet aura pour conséquence la création d'une nouvelle police, la Police Judiciaire.

Les premiers « mobilards »

La naissance des brigades mobiles marque la fin d'une ère où la police française, sans véritable structure, était restée sous le seul giron des autorités locales. Avant 1908, seules quelques communes avaient vu leur police étatisée :

1851 : Lyon et six communes de son agglomération
1852 : Saint-Rambert, Villeurbanne, Vaux, Bron et Vénissieux
1908 : Marseille

De surcroît, il n'y a pas de coordination entre la police, concentrée dans les villes, et la gendarmerie, résolument rurale. Contrer les organisations criminelles est donc une mission impossible.

L'arrêté ministériel du 6 mars 1907 qui crée un Contrôle Général des Services de Recherches Judiciaires placé sous le commandement du commissaire Jules Sébille ;

Le décret du 30 décembre 1907 qui instaure les douze brigades régionales de police mobile. L'arrivée de Célestin Hennion, nommé directeur de la Sûreté générale le 30 janvier 1907 apporte une véritable structure à l'institution. Clémenceau tient compte de ses conseils. Dès lors, deux textes réglementaires fondent la future Police Judiciaire : cinq cents policiers mobiles sont recrutés, majoritairement parmi les inspecteurs des chemins de fer comme Célestin Hennion, mesurant moins d'un mètre soixante-dix pour ne pas être repérés lors des filatures. En un an plus de 2,500 arrestations sont menées. Cette police trace les prémices d'Interpol par le truchement des coopérations internationales. Avec le temps leurs fonctions prennent de l'ampleur par la création de fichiers. Des dossiers sont mis en place avec les balbutiements de la police de renseignements généraux.

La première Brigade mobile de Bordeaux

Mobilard, un véritable sacerdoce

Le mot d'ordre est « Pas de fiasco ». La réussite à tout prix, donc. Pour obtenir de tels résultats, les inspecteurs des brigades mobiles se montrent irréprochables dans tous les domaines : une disponibilité permanente, 24h/24, quelles que soient les conditions de l'enquête et sa durée. Payés « au lance-pierre », hébergés la plupart du temps dans des locaux insalubres, rédigeant leurs propres rapports à la main faute de machines à écrire, ils ne sont pas dotés d'une arme individuelle. Une seule arme pour sept hommes, c'est-à-dire un modeste revolver, en lieu et place du pistolet Browning, plus léger et plus pratique, que les bandits, eux, ont adopté.

Pour leurs déplacements, ils ont le réseau des chemins de fer, la bicyclette, les chevaux ou la marche... C'est seulement en 1910 que la première brigade recevra une limousine De Dion-Bouton, équipée à l'arrière pour transporter les bicyclettes. Il faudra attendre 1912 pour que chaque brigade mobile en soit dotée. Les mobilards doivent en fait l'évolution de leurs moyens aux nombreuses démarches et à l'abnégation de Jules Sébille, qui n'aura de cesse de combattre l'inertie de l'administration, toujours prompte aux restrictions budgétaires, ainsi qu'aux habiles campagnes de presse de Célestin Hennion pour mobiliser l'opinion publique, face à l'avarice des députés.

L'écusson de la police judiciaire contient le profil du Tigre, en hommage à Georges Clémenceau.

Des enquêteurs performants et pugnaces

De 1908 à 1918, sans compter les arrestations pour intelligence avec l'ennemi, le bilan des « mobilards » sera éloquent : 7995 arrestations pour crimes et 48078 pour délits.

La traque de criminels la plus connue est celle de la bande à Bonnot, entre le 21 décembre 1911, date du « premier hold-up automobile » par Bonnot et son comparse Garnier, lequel n'hésite pas à assassiner le caissier, et le 14 mai 1912, où les bandits sont repérés à Nogent-sur-Marne. Déploiement de forces, charge explosives, Bonnot et Garnier sont abattus. Le jury des assises prononcera 4 condamnations à mort parmi les autres membres de la bande à Bonnot, dont celle de « Raymond la science ».

Landru séducteur-meurtrier en série à la barbe noire, dit « le monstre de Gambais » ainsi qu'Alexandre Stavisky, escroc de grande envergure, feront bientôt partie du tableau de chasse des brigades du Tigre.

Il faudra cependant attendre en 1941 pour voir naître une véritable Police Nationale Française, qui obéira alors non plus aux valeurs de la République, mais au régime de Pétain.

Cette page de l'histoire de la police française appartient cependant à un autre chapitre.

LES PERSONNAGES EN 1907, AU MOMENT DE LA CRÉATION DES BRIGADES DU TIGRE

Georges Clémenceau

Cet ancien médecin aux sensibilités radical-socialistes, « tombeur de gouvernements » (« à décliner au singulier, car je n'en ai jamais fait tomber qu'un, qui était toujours le même : celui de M. Jules Ferry », disait-il), a largement nuancé ses positions au moment où il a pris l'Intérieur, nommé par Ferdinand Sarrien auquel il a succédé en tant que chef du gouvernement, en 1906 (mars pour l'intérieur, octobre pour le Conseil).

Dès son arrivée à l'Intérieur, le Tigre se forge un autre surnom, celui de « briseur de grèves ». 1906 bat les records, par ses mouvements sociaux faisant suite notamment à la catastrophe de Courrières (« coup de poussier », c'est-à-dire explosion, dans la mine à charbon faisant 1099 morts). En 1907, c'est la grève des électriciens, la grève d'alimentation de la CGT, celle de la fonction publique (les postiers) qui demande le droit de grève, et la révolte des vignerons qui prend une forme insurrectionnelle.

Outre une répression, sévère, entraînant parfois la mort de grévistes, Clémenceau use de stratagèmes visant à discréditer les meneurs. Le 23 juin 1907, il reçoit le leader gréviste et non-violent, Marcelin Albert.

Et, comme celui-ci, venu en train, lui dit candidement n'avoir pas de quoi payer son billet de retour, il lui fait remettre 100 francs, après avoir placé un journaliste dans la pièce voisine de son bureau.

La Presse, faisant ensuite passer Albert comme « acheté » par le ministre, le discrédite auprès des vignerons… La grève s'essouffle, et le 29 juin 1907, la Chambre vote la loi revendiquée, qui fixe une surtaxe sur les sucres utilisés pour la chaptalisation.

Après que lui soit exposée, par Hennion, l'idée brillante de la création des brigades mobiles, Clémenceau en brosse les grandes lignes devant l'Assemblée Nationale, obtient le feu vert pour leur création, ainsi que le budget indispensable à la mise en œuvre du projet. Les « Brigades du Tigre » sont nées.

Le Tigre devient rapidement ami avec le préfet de police Lépine et conduit d'importantes réformes de la police. Alors que la presse s'effraie des « Apaches », il soutient la création de la Police Scientifique par Alphonse Bertillon, et des brigades régionales mobiles par Célestin Hennion.

Célestin Hennion

Célestin Hennion fait ses premières classes dans l'armée et fait campagne en Tunisie, où sa bravoure et ses qualités d'organisateur sont remarquées. Il devient secrétaire du sous-préfet de Reims, avant de changer d'orientation. Le 15 novembre 1886, il intègre la police comme inspecteur de deuxième classe de la Brigade des Chemins de Fer, avant de devenir commissaire de police, puis dirige la police municipale de Verdun.

Rappelé à Paris, il est chargé de créer la police des courses et des jeux, puis est nommé à la tête des brigades spéciales chargée de la protection des hautes personnalités et de la lutte antiterroriste. À ce titre, ses enquêtes sur les mouvements anarchistes et boulangistes, cherchant à renverser la IIIe République, lui donneront, en 1907, l'idée de créer un service de renseignements Généraux, chargés notamment d'identifier les mouvements menaçant l'État.

Avant son initiative, les renseignements généraux sont présents dans l'armée et au sein de la Préfecture de la Seine.

Il travaille également à la protection des hautes personnalités et déjoue plusieurs tentatives d'attentats, contre le Tsar Nicolas II de Russie, en voyage en France en 1896, ainsi que contre la Tsarine Alexandra en 1901. Entre-temps, en 1899, il déjoue le coup d'État fomenté par Paul Déroulède et devient responsable de la sécurité du chef de l'État la même année.

L'affaire Dreyfus l'amène à examiner les preuves de l'innocence de Dreyfus, avancées par le colonel Picquart. C'est ainsi qu'il travaille, aux côtés de Clémenceau, à innocenter le malheureux capitaine, à le réhabiliter en 1906 et à le réintégrer dans l'armée française.

Le 30 janvier 1907, il est nommé Directeur de la sûreté générale pour superviser la création des brigades mobiles, engager les réformes de la police et assurer la formation des policiers.

Il succède en 1913 à Louis Lépine comme Préfet de la Seine, où sans déroger à son sens réformateur, il entreprend une refonte complète des services.

Louis Lépine

Né en 1846, à la fin de la guerre, en 1870, il devient avocat avant d'intégrer l'administration. Après quelques postes comme sous-préfet puis préfet de départements de province, il devient, après les émeutes de 1893 au quartier latin, préfet de police de Paris, exerçant son autorité sur le département de la Seine.

Durant sa carrière de préfet de police, Louis Lépine met en place la permanence dans les commissariats, équipe les gardiens de la paix en 1897 d'un bâton blanc et d'un sifflet à roulette, crée la brigade fluviale ainsi que les brigades cyclistes en 1901 (les hirondelles à moustache avec leur pèlerine) fait installer 500 avertisseurs téléphoniques, rouges pour alerter les pompiers, puis pour alerter police-secours ; réorganise la circulation en instaurant les passages piétons, les sens uniques et les sens giratoires et encourage les premiers développements de la police scientifique, et en particulier les travaux d'Alphonse Bertillon, crée les chiens sauveteurs, réalise un « coup médiatique » en 1908 en créant les « agents Berlitz » (formés à l'École de langues Berlitz, ces agents sont chargés de renseigner les touristes, se distinguant de leurs collègues par le port d'un brassard indiquant la langue maîtrisée). En 1909, il crée le musée de la Préfecture de Police et les collections historiques de la préfecture de police.

Jules Sébille

Né dans une famille modeste d'agriculteurs, Jules Sébille, après avoir seulement fait des études primaires, s'engage de 1880 à 1885 dans l'infanterie de marine.

Jules Sébille est commissaire à la sûreté de Lyon, quand, sous l'impulsion de Georges Clémenceau et de Célestin Hennion, et à la suite de l'arrêté ministériel du 6 mars 1907, il prend la tête du service nouvellement créé, le Contrôle général des services de recherche judiciaire, devenant ainsi le premier chef de la future « PJ ».

Quelques mois plus tard, en décembre 1907, sont créées les brigades mobiles qui se trouvent également sous son autorité.

Le commissaire Sébille dirige le contrôle général des services de recherche judiciaire et ses brigades mobiles durant quatorze ans, jusqu'en 1921.

La seizième promotion de l'école nationale supérieure de la police, entrée en fonction en 1965, porte son nom.

SOURCES DOCUMENTAIRES

« 100 ans de police judiciaire » Martine Monteil

Diane de Poitiers – éditions Pygmalion – Michel de Decker

Clémenceau – Editions Tempus – Michel Winock

La Science à la Poursuite du crime – D'Alphonse Bertillon aux experts d'aujourd'hui – Pierre Piazza et Richard Marlet

Louis Lépine : Préfet de police-témoin de son temps – Editions Frison-Roche – Jacques Porot

Histoire(s) de femmes- 150 ans de lutte pour leur liberté et leurs droits – Editions Larousse - Martha Breen et Jenny Jordahl

L'opéra de Charles Garnier , une œuvre d'art total – Editions du Patrimoine - Gérard Fontaine et Jean-Pierre Delagarde

DU MÊME AUTEUR

La malédiction d'Orphée (roman policier)
En notre âme et conscience (roman historique)
L'affaire Jacques Clément (pièce de théâtre)
L'Histoire revisitée du premier régicide de France (livret/revue)
Comment écrire un roman (tutoriel)

https://elodie-delmares.com